ここはボツコニアン　1

宮部みゆき

使用上のご注意
（作者からのお願い）

- 本作品は、確実にこの世界ではない世界を舞台にしていますが、ほぼ確実に正統派のハイ・ファンタジーにはなりません。ご了承ください。
- テレビゲームがお好きでない方にはお勧めできないかもしれません。ご了承ください。
- テレビゲームがお好きな方には副作用（動悸、悪心、目眩、発作的憤激等）が発症する場合があるかもしれません。ご了承ください。
- 本体を水に濡らさないでください。
- 電源は必要ありません。但し、暗い場所では灯火を点けることをお勧めいたします。
- プレイ時間１時間ごとに、10〜15分程度の休憩をとる必要はありません。
- 作者がクビになった場合、強制終了する恐れがあります。その際は、全てなかったことにしてお忘れください(泣)。
- 本作の挿絵画家は少年ジャンプ＋の若手コミック作家なので、あるとき突然ブレイクして超多忙になり、こんな挿絵なんか描いてらんねェよモードに入ってしまう可能性があります。その場合は少年ジャンプ＋をお楽しみください。
- セーブする際はページの右肩を折ってください。本体を折り曲げるのは危険です。
- 本作は完全なフィクションです。あまり深くお考えにならないことをお勧めいたします。

目次

第１章
フネ村の二人　009

フネ村の二人・2　039

第２章
瀕死度激高チュートリアル　061

瀕死度激高チュートリアル・2　083

第3章

王都の秘密　107

王都の秘密・2　129

王都の秘密・3　151

王都の秘密・4　171

王都の秘密・5　191

王都の秘密・6　211

王都の秘密・7　229

サブイベントその1
カラク村民救出ミッション　251

クレジット

イラストレーション
高山としのり

本文デザイン
坂野公一
welle design

ここはボツコニアン 1
Here is BOTSUCONIAN
Miyuki Miyabe

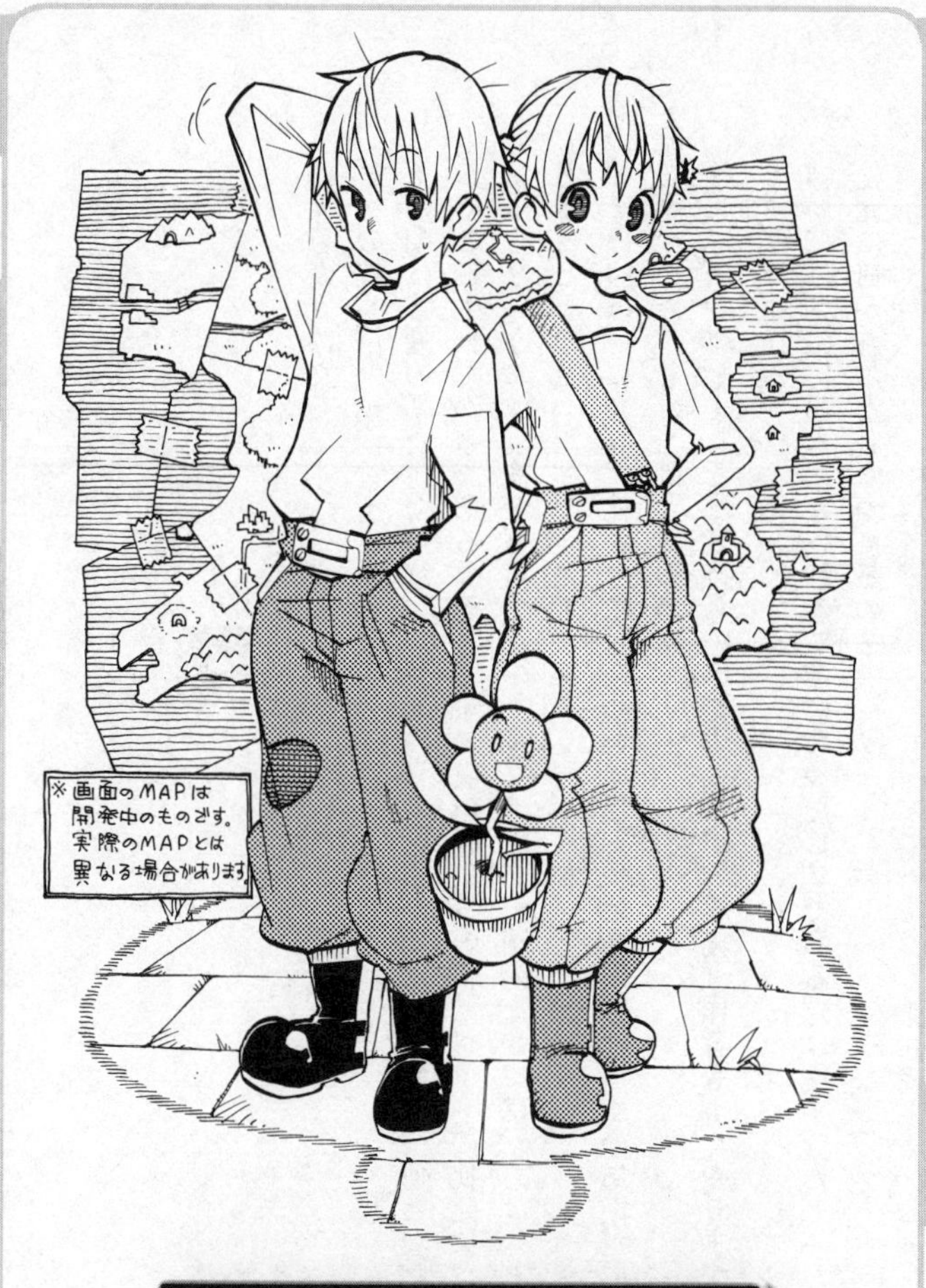
※画面のMAPは
開発中のものです。
実際のMAPとは
異なる場合があります

第１章
フネ村の二人

朝、目が覚めたら――

ピノの枕元《まくらもと》に、赤いゴム長靴があった。

その朝は普通の朝だったけれど、普通の日の始まりではなかった。何となればピノの十二歳の誕生日だからである。そして十二歳の誕生日の朝、ベッドの枕元にゴム長靴を発見するというのは、彼が暮らすこのモルブディア王国のなかでは、ちょっとした意味のあることなのだった。

ピノは腹ばいになり、枕の上に肘《ひじ》をついて顎《あご》を載せて、しばらくのあいだ赤いゴム長靴を見つめた。しげしげと見つめた。

そして二度寝しました。気持ちいいですよね、二度寝。作者もよくやります。

「ピノ！」

結局、母さんに叩《たた》き起こされることになったピノである。

「枕元に何があるかわかってるの？」

「わかってるよ」

ピノは眠たがり屋なので、母さんにベッドから引きずり出されてもまだ枕を離さない。

「これが何だかわかってて、どうしてグズグズ寝てられるのかしら？」

「だって、めんどくさいじゃんか」

ピノの母さんという人は、別に女手ひとつで苦労してピノを育てているわけではない。夫つまりピノの父さんは魔法石送電所フネ村支部の技師として働いていて結構な高給取りで、だからピノの母さんは楽をしようと思えばいくらでも楽できる立場にいるのだけれど、なぜか働き者なのだった。

面倒くさいなどという言葉は、大嫌いな女性なのだった。

「あんた、ね」

枕ごとピノを吊《つ》り上げると、鼻と鼻がくっつきそうなくらいに顔を近づけて、母さんは凄《すご》んだ。

「とっとと顔を洗って支度なさい。九時までには役場へ行かなくちゃならないの。これは国民の義務なの。わかる？　あたしたちのこの国の未来がかかってる大事なことなのよ」

ピノにはそんな実感はなかった。ただ、別の〈大事なこと〉を思い出した。役場へ呼び出されたときは、学校をサボっていいのだということを。

——ま、いいか。

というくらいのこの少年が、本編の主人公である。

モルブディア王国は、ロヲラン西大陸の東南東の端っこに位置する、人口三百万人ほどの小さな国だ。

主な産業は農業と牧畜業。但《ただ》し魔法石の力で国土の隅々まで電力が行き届いているので、基本的にはエコでクリーンなエネルギーに支えられた先進国であると言ってよろしい。

もっとも、先ほどから説明抜きで使用されているこの〈魔法石〉というものは、地上のものではない。この世界をつくった創世神からの賜《たまわ》り物《もの》で、だから人間には、その組成も、それがなぜ無限のエネルギーを生むことができるのかという仕組みも、未《いま》だによくわからないままだ。いや、本気で研究すれば突き止められるのだろうけれど、そのためには魔法石を研究材料として使用せねばならず、そうするとその分だけ魔法石を消費してしまうことになるので、モルブディア王国だけではなくロヲラン西大陸全体で、解析や研究が厳しく禁じられているのだった。

そう、無限のクリーン・エネルギーを生み出す魔法石は、それ自体は無限のものではなく、使用されると質量が減るのである。これまでの永い年月のあいだに、ちょっとずつ小さくなっているのだった。モルブディア王国では、だいたい百年で七十五グラムという半端な割合で減っている。

遠い昔、千年ぐらい前には、ロヲラン西大陸全体で、この魔法石をめぐって大戦争が起こった。そのころには魔法石は百キログラムばかりの大きなひとつの塊《かたまり》で、一方西大陸には王家や共同体や武装勢力や宗教団体が数え切れないほどたくさん存在していたので、当然のようにとりっこが始まったのだ。

戦争はざっと三十年も続いた。魔法石はそれ自体が意志（らしきもの）を持っているらしく、転々と居場所を変える。だから、ある勢力が魔法石の埋まっている土地を占領すれば戦争が終わる――というふうに、簡単には片がつかなかったのだ。

意志を持ち自力で移動するという特質に着目すれば、魔法石は（見かけは石に見えるけれど）鉱物ではなく、生物なのではないかとも思える。とはいえ移動手段は不明で、細長くなって地中をずるずるミミズみたいに掘り進むのだという説もあれば、テレポートするのだという説もある。後者だとすれば生物らしくないふるまいだけれど、誰も確かめたことがないから何とも言えない。

さてこの魔法石獲得戦争は、終わるときには呆気《あっけ》なく終わった。魔法石そのものが勝手に七つに分かれて、七つの団体（繰り返しになりますが王家とか共同体とか武装勢力とか宗教団体とか）のところに現れたからだ。正確にいうならば、七つの団体のトップの城や基地や教会のそばに、魔法石が空から隕石《いんせき》みたいにどかんと降ってきたのだった。

結果、その七つの場所に七つの国ができることになった。王国もあれば宗教国家もあれば共和国もある。勝手に分かれた七つの魔法石の大きさはとりどりで、最大のものは四十五キロあり、最小のものは六キロ足らずだった。ちなみにその最小のものがモルブディア王国の魔法石である。

何かこう、地上の人間たちの際限ない争いに嫌気がさした神様が、えいやっとばかりに適当に魔法石を分けてしまったという感じがしないでもない。それでもまあ、世は治まるように治まった。巨《おお》きな魔法石が降ってきたところは周囲の敵対勢力まで吸収合併して大きな国になり、小さな魔法石が降ってきたところもそれなりのちんまりとした国になったわけだ。めでたし、めでたし。

但し、問題がないわけではない。

しつこく書くが、魔法石は、エネルギーを生みながら減っているからだ。国によって、もともとの魔法石の大きさによって、その国のエネルギー消費の具合によって、減り方に違いはあるものの、どこでも減っていることは確かだ。そうそう、あんまり内乱や政変ばっかりやっていると大きく減る。

いつかは、どの国でも魔法石が尽きる。

するとどうなる？　エコでクリーンなエネルギーが尽きた七つの国は、先史時代に逆戻りだ。それは困る。ではどうするか？
①魔法石が尽きる前に代替エネルギー源を開発する。
②どうにかしてもういっぺん神様に面会して交渉し、新しい魔法石をもらう。
モルブディア王国は、②の道を選んだ。そして、十二歳の誕生日を迎えた子供の枕元にゴム長靴が現れる――というしょぼい〈奇跡〉は、この②の選択肢と深い関わりを持っているのであった。

というところが、この物語のスタート時点でのおおまかな設定であります。

＊

少年ピノが両親と暮らしているフネ村は、モルブディア王国の端っこにある、盆地のなかの小さな村である。役場も村の規模にふさわしく木造の二階建てで、てっぺんに小さな時計塔を頂いている。その時計の針が午前九時ちょうどを指すまでに、ピノは何とか間に合った。

役場のホールは閑散としていた。ピノは総合受付に近寄って、カウンターの向こうに座っている若い女性事務員に声をかけた。

「あのお」

丸眼鏡《まるめがね》の女性事務員は、ちらりとピノの顔を見ただけで、すぐ言った。「あらピノ、もしかして長靴が出てきたの？　そっか、今日は誕生日なんだね」

もったいぶって〈女性事務員〉なんて書いたけれど、フネ村はこぢんまりした自治体なので、村人はみんな知り合いなのだ。彼女の名前は――

（ＮＰＣ《ノン・プレイヤー・キャラクター》の名前は自由につけることができます。デフォルトを選ぶ場合はカーソルを〈けってい〉に合わせて〇を押してください）

彼女の名前はエリンという。エリンはカウンター越しに受付票を差し出すと、

「それ持って、二階の鑑定課へ行ってね。長靴は持ってきたでしょ？」

「うん」

ピノが一年生のころに毎日使っていた上履き入れに突っ込んで、ぶらぶら提げてきた。昔のピノの靴よりも、この赤い長靴は少しサイズが大きいので、はみ出している。

「エリンも確か、長靴が出てきたよね」

「そうよ」彼女は遠い目をした。「残念ながら、あたしの場合はハズレだったけどね」

にっこり笑って、「ピノは当たりだといいわね」

ピノにはそうは思えない。「当たると、面倒なことに巻き込まれンじゃないの？」

「あらヤダ、男の子がそんな覇気のないことでどうするのよ」

ピノは上履き入れ（からはみ出した長靴）をぶらぶらさせながら階段をのぼり、二階へ上がった。鑑定課はフロアのいちばん奥だ。壁の案内図によれば、トイレのすぐ隣で

ある。

ピノが奥へ進んでゆくと、同級生の男の子が一人、こっちにやって来た。彼の名は――

（ＮＰＣの名前は自由につけることができます。以下省略）

「お、ピノ」と、ロンブは言った。「そっか、おれたち誕生日が同じだったんだよな」

フネ村の小学校に、六年生は四十人いる。人口の割には子供の数が多いのは、この村が住みやすいところである証拠だ（ピノみたいに一人っ子の家庭は珍しい。ロンブの家は兄弟姉妹《きょうだい》合わせて八人いる）。

で、ひとつのグループを構成する人間が四十人もいると、そのなかに同じ誕生日の人が居合わせる確率は、漠然と想像するより意外に大きいものだ。

「ロンブ、どうだった？」

「ハズレ」と、ロンブは笑った。「うちじゃ兄ちゃん姉ちゃんたちもみんなハズレばっかだったからね。予想はついてたけど」

ロンブは優等生なので、ピノには若干、意外に思えた。と同時にホッとした。ロンブでもハズレなら、オレなんかまるっきり場外じゃない？　と思ったのだ。この場合は〈埒外《らちがい》〉が正しいのだが。

「おまえの長靴、赤いね」

　ロンブは目ざとく見つけて言った。なぜかしら目がぴかりと輝いた。

「おまえのは？」

　ロンブは背中にしょったリュックサックを持ち上げてみせた。「真っ黒だった」

「色には意味があるんだっけ？」

「何だピノ、知らないの？」

　知ってたかもしれないけど、忘れた。

「赤い方がいいんだぜ。だって赤い長靴は、もしも当たりの場合には、おまえの相方が女の子だっていうしるしだからね」

　そっかそうなのか女の子か——というだけで、ピノの目もぴかりと輝いた。十二歳にもなると、男はみんなこんなもんだ。

「ま、ちょっと行ってくる」

「ンじゃ、あとでね」

　鑑定課は、トイレの横のちょっとしたスペースに机がひとつ据えてあり、そこにおっさんが一人座っているだけだった。執務室でも事務室でもない。通《とお》りっ端《ぱた》の手相見のレベルである。

　だがしかし、ひとつだけ奇妙なことがあった。ピノはこのおっさんの顔を知らないのだ。これまで会ったことがない。もちろん名前もわからない。

「はい次の方、受付票を出して」

ピノはおっさんに受付票を渡した。そこには「3」と書かれている。ロンブとピノのほかにも、少なくともあと一人、今日が誕生日の十二歳がいるということだ。

おっさんは特徴たっぷりの角刈り頭だ。よく見ると、顔の皺《しわ》とか髪の量から推して、おっさんとじいさんの中間の微妙なポイントにいる年代である。

「名前はピノだね」

おっさんは手元の書類をめくって確認した。「長靴を見せて」

ピノが上履き入れごと差し出すと、おっさんは赤いゴム長靴を取り出して机の上に載せ、よっこらしょと声をかけて、足元から何かを持ち上げた。長い柄《え》のついた、おっさんの顔と同じぐらいのサイズの虫眼鏡だ。でかいだけでなくレンズが分厚く、やたら重そうだった。

「おっとっと」

案の定、おっさんは虫眼鏡をゴム長靴の上に落っことした。

「この扱いが難しくてね。君、ちょっと手伝いなさい」

二人がかりで虫眼鏡を持ち上げ、おっさんは両手で何とかかんとかそれを構えた。

「じゃ、今度は長靴を持って、靴底を私の方に向けて見せて」

ピノは左右の手をそれぞれ長靴に突っ込むと、そのまま万歳した。おっさんの顔（と虫眼鏡のレンズ）に、靴底を突きつける。

「おお！」と、おっさんは声をあげた。「これはこれは――」

当たりだ！　というおっさんの叫び声と同時に、ピノの足元の床が抜けた。


ピノは落ちてゆく。

最初は、異次元へワープしてるのかな――と思ったけれど、どうやら違うらしい。落ち始めのときは、トイレの配管や一階の事務室の様子や、役場の床下に住み着いている村でただ一人のホームレスのおばさんの顔まで見えたから、これは物理的落下現象なのだろう。ピノがそれらの物質をどうやって通り抜けているのかという理屈はさておき、だ。


建物と地面を通過してしまうと、あたりは薄暗くなった。何かよくわからない文字みたいなものが、たくさん――ちょうど地層のように積み重なっているのが見える。ピノはそのなかを落ちてゆく。頭を上に、脚を伸ばして、床の上に座っているような格好のまま、小走りぐらいのスピードで落ちてゆく。

あんまり怖いと感じなかったので、手を伸ばしてまわりの様子を探ってみた。指先はすべすべした壁に触れた。

試みに、その壁に爪《つめ》を立ててみて、たちまち後悔した。

――歯が浮く！

ピノは、積み重なった文字の地層を突き抜ける、細いガラス管のなかを落ちているらしい。だって、爪で引《ひ》っ掻《か》くとあんな音が出るものといったらガラス以外にない。手を動かしてみて初めて気づいた。頭の上に、あの赤いゴム長靴が載っている。身体《からだ》をよじると脚の上に落ちてきた。ピノはそれを両手で抱えて、風に髪を乱しながら悠々とまわりを見回していた。

突然、終点が来た。

ピノはお尻で地面に着地した。そこは確かに土の地面だった。かなり長いこと落ちてきたのに、教室の椅子《いす》から床の上に落ちたぐらいの感じだった。

はずみで、赤いゴム長靴も地面に転がり落ちた。それは自力でしゅたっと起き直ると、まだ座り込んでいるピノの脇《わき》をすり抜けて、駆け出した。

「わ！　何だよおまえ、ちょっと待て！」

赤いゴム長靴はスキップしながら遠ざかってゆく。ピノはあわてて追いかけた。

土を掘ったトンネルみたいな場所だ。今度は壁に触れると土の感触がある。ガラスじゃない。爪を立てるとぼろぼろ崩れる。天井は高くて、おかげでピノは屈《かが》まずに走ることができた。「待てったら、おい！　ゴム長！」

必死で走るピノを振り切ろうとするみたいに、赤いゴム長靴は大ジャンプした。つられて、ピノもジャンプした。

で、また落下した。

今度はどこからどう見ても物理的現実的な落下だった。庇《ひさし》から飛び降りたぐらいの感じだ。それなりの衝撃が――

あるはずなのだが、何か柔らかいものの上に落ちた。

その〈何か柔らかいもの〉が、この世のものとは思えないような声で唸《うな》ったので、ピノは跳ね起きて飛《と》び退《の》いた。

人が倒れている。ぺっちゃんこに俯《うつぶ》せになっている。ピノと同じくらいの体格で、ピノと同じように（そしてフネ村の大部分の村人と同じように）ぶかぶかのズボンにゆったりした筒袖《つつそで》の丸首シャツを着て、ブーツを履いていた。

「いった〜い」

地面に手をついて起き上がった。顔が土まみれだ。ただのヒトではない。コドモだ。歳《とし》はピノと同じくらいだろう。但し、明らかにピノとは違うところがある。

女の子だ。顎の先ぐらいまでの長さの髪をツインテールにして、先っちょにリボンをつけている。ロングヘアじゃないから、ツインテールにはかなり無理があり、それをさらに無理矢理三つ編みにしているものだから、ぴょこんと跳ねてしまっている。

「痛いじゃない！」

声がデカい。ついでに言うと顔もデカい。お月様のような丸顔だ（この世界にも月があります・作者註《ちゅう》）。赤ペンでぐるぐると丸を描きたくなるようなまん丸のほっぺただ。

「おまえ、誰？」

腰を抜かしたまま女の子に指を突きつけて、ピノは訊《き》いた。

「あんたこそ誰よ！」

女の子は強気に言い返してきた。顔に合わせてこれまたでっかい目が怒っている。でも、あんまり怖く見えないのはナゼだろう。

――何となく、オレと似てる？

ピノの顔はこんなに丸くはないが。

そのとき気がついた。あの赤いゴム長だ。女の子の後ろに隠れている。爪先《つまさき》が見える。覗《のぞ》き込むと、赤いゴム長はもう一足の黒いゴム長に寄り添っていた。

女の子も気がついたらしい。目をトンガらせるのをやめて、首をかしげた。

「さっき飛び降りてきたこの赤いゴム長、あんたの？」

ピノも問い返した。「その黒いゴム長、おまえのか？」

互いに返事をしないまま、二人は同時に二足のゴム長に目をやった。何が怖《おそ》ろしいのか、ゴム長たちは震え上がってひしと抱き合った――ように、心象風景としては見えた。

突然、ピノたちのいる場所が明るくなった。光源は頭の上ではなく、地面である。いつの間にか二人と二足は、三重、四重になってクルクル回りながら光り輝く輪っかの内側にいた。地面から輪っかが浮かび上がったのだ。

ぽん。

のどかな音がして、その輪っかのてっぺんに、植木鉢がひとつ出現した。

植木鉢である。ピノの掌《てのひら》に、充分載せられるくらいの大きさである。そこには花がひとつ咲いていた。花——だと思う、たぶん。花以外のものには見えないから。

ただ、極めてぞんざいな存在だった。ピノよりもっと小さな子供が、お絵かきで描くような花なのだ。黄色い花びらが五つ輪になって、真ん中のヒマワリのタネみたいな茶色くて丸い部分を囲んでいる。茎は真《ま》っ直《す》ぐで、根元から一対《いっつい》の葉が生えている。

「お揃《そろ》いですね」と、その花は言った。

ピノはまた飛び上がってしまったけれど、女の子はあわてず騒がず、地面に正座したまんま膝《ひざ》でずっていって植木鉢に近づき、後ろ手でピノを指さしながら、

「ね、この子ですか」と訊いた。

「サヨでございます」と植木鉢の花は答えた。

ピノは思わず、自分の指で自分の鼻の頭をさした。「オレはサヨじゃなくて、ピノって名前なんだけど」

植木鉢の花は、きっとピノの方を向いた。

「左様でございますと申したのです」

「あ、そう」

納得してから、驚いた。この花、しゃべった？

「これ何だ？　花の化け物か？」

ピノは女の子の背中に隠れた。あわあわと彼女につかまっているうちに、震える手でツインテールを引っ張ってしまった。

「痛いってば！」

女の子は邪険にピノを振り払うと、白い目でこっちを見た。

「だ、だってあの花」

「そんなに怖がらなくたって、化け物なんかじゃないよ。花だもん」

「花はフツー、しゃべらないと思うけど」

「フツーの花じゃないから。ね？」

女の子は首をひねって植木鉢を振り返り、花にうなずきかけた。花はうなずき返して、こう言った。「わたくしは〈世界のトリセツ〉と申します。以後、お見知りおきを」

「ね？」

女の子は今度はピノにうなずきかけた。ピノも不得要領のままうなずき返した。

「〈トリセツ〉の支店が何でこんなところにあるのか知らないけど……」

女の子の滑らかな眉間《みけん》に皺が寄った。「あんた、何言ってるの？」

「だって〈トリセツ〉だろ。チェーン店の焼鳥屋。うちの村にも一軒あるよ」

その店名なら〈世界の鳥せつ〉である。発音も微妙に違う。

「違う！　このトリセツは、〈取扱説明書〉の略なんだから」

大声で言い返し、女の子は急に怒り顔を引っ込めて、げんなりとため息をついた。

「ねえ、ホントにホントにこれがあたしの相方なの？」

「間違いなく」と、〈世界のトリセツ〉は答えた。

「返品交換は受け付けてくれないの？」

「人生は返品も交換もできないのですよ、ピピさん」

ピピ？

「おまえの名前、ピピっていうの？」

「うん」

「どっから来たの？」

「フネ村」

嘘《うそ》だ。

「オレはおまえの顔なんか知らないぞ」

「昨日、引っ越してきたばっかりだもん」

それなら、知らなくても不思議はないか。

「村はずれの牧場。前はアモウさんて人が住んでた」

「ああ、アモウのおっさんとこか」

王都に住んでる娘さん夫婦と同居することになって、牧場を売りに出したのだ。狭い村のことだから、そういう噂《うわさ》はすぐ耳に入る。でも買い手がついたことは知らなかった。

「おじいちゃんとおばあちゃんが、あそこは牧場よりトウモロコシ畑に向いてるって」

「おまえ、じいちゃんばあちゃんと暮らしてるの？」

「そうよ。お父さんお母さんとは、赤ちゃんのころに生き別れちゃったの。でも、フネ村で会えるって聞いてたんだけど……」

両親と対面するより先に、枕元に黒いゴム長靴が出現してしまったというわけだ。

「ハイ、ハイ、ハイ」

一対の葉をぺしぺしと打ち鳴らし、世界のトリセツが二人に注目を促した。

「自己紹介が済んだところで、わたくしの話をお聞きください」

ピノは右手をあげた。「それより先に質問があります」

「何でしょう」

「トリセツが本当に取扱説明書の意味なら、もうちょっとそれらしい姿で現れたらどうかと思うんだけど。説明書なんだからさ」

「そうね。『アルティマニア』ほど分厚くなくてもいいけど」と、ピピが言った。

「何だ、それ？」

ピピはハッとしたようになってまばたきをした。「今あたし、何か言った？」

「言った。『アニマルマニア』って」

違います。

「あたしね、時々こういうことがあるみたいなの。気にしないでね」

いいや、気になる。

「ハイはい」と、世界のトリセツが割り込んだ。「その件も、わたくしの話を聞けば納得がいきますよ。ともかくお静まりなさい」

赤黒二足のゴム長が、並んでトコトコと前に出てきて、世界のトリセツの前にちんまりと整列した。

「ほら、このように」

ピノとピピも、とりあえずはゴム長たちと同じように座ることにした。

「まずピノさんの質問にお答えしますとね」

トリセツは葉っぱを粋な角度に傾けて科《しな》をつくった。

「わたくしのこの姿は、仮初《かりそ》めのものなのですよ。真の姿はまだお見せできません」

「だけど、何で植木鉢なの？」

「植木鉢というのは、ひとつの完成した世界なのですよ」

小さくてもそこに土地があり生きものがいて自給自足しているから、という。

「ですから、〈世界の取扱説明書〉にふさわしい、象徴的な姿なのです。半端な書物などよりもずっとね」

「でも、雨が降らなかったら枯れちゃうでしょ？」

「如雨露《じょうろ》で水をかけないと枯れるよな？」

二人同時に突っ込んだので、声がかぶった。

世界のトリセツの頭（花の部分）が、ちょっとうつむいた。

「ひとつの完成した世界っていうのは、つまり閉鎖系ってことだろ？　そこにはエントロピーの法則が――」

得々と続けようとしたピノの口の端に、何か鋭いものが飛んできて突き刺さった。

「痛《い》てぇ！」

世界のトリセツは片方の葉っぱの先っちょをふっと吹いた。そう、ガンマンが銃口から漂う硝煙を吹き飛ばすように。

「あんまりうるさいと、お仕置きですよ」

こいつ、葉に棘《とげ》を隠し持っているらしい。

「あなた、ちゃんと顔があるのね」

ピピは感心している。確かにトリセツの花の真ん中の、さっきまではぞんざいな上にもぞんざいに、ただ茶色に塗りつぶされていただけの部分に、目と口が浮かんでいる。

「眼鏡もかけられます」

どこからかインテリ眼鏡が現れて、トリセツの目の上に乗っかった。

「わあ、面白い」

「面白くない！」

「面白いよ。それに眼鏡があった方が物知りっぽく見えていいじゃない」

ピピは一人でわくわくしている。

「何でもいいけど」ピノは口の端に突き刺さった棘を引っこ抜いた。けっこう長くて鋭い。世界のトリセツは、見かけより凶暴だ。

「説明するなら早くしろよ」

トリセツがまた葉っぱを構えた。今度はピノの鼻の頭を狙《ねら》っている。

「は、早めにひとつ、お願いします」

「お二人は、ロヲラン西大陸や昔の大戦争や魔法石がどうのこうのという件《くだり》は、もうご存じですよね？」

「さっき作者が説明してたからな」

「うん。それであたし思ったんだけど」

ピノは先回りした。「あ、オレも思った！　何だよ、あの大まかな設定って。魔法石がうんぬんかんぬん、テキトーだよなあ」

ピピは大きな目でじいっとピノを見た。

「あたしが、思ったのは、そういうことじゃありません」

あ、そう。

「何を思った？」

「モルブディア王国って——」

「ん？」

「とってつけたような名前だね」

しぃん。

「まあ、さ」ピノは頭を掻いた。「何かつけないとまずかったんだろ」

そうです。A国とかB国というわけにはいかないんです。だからテキトーに命名しました。

「さすがにお二人は〈選ばれし者〉ですね。良いところに気がつきました」

え？　これ褒《ほ》められるようなことですか。

「それでは、十二歳の誕生日の朝、枕元にゴム長靴が出現した子供たちについては、どのように聞かされてきましたか？」

（そこはまだ作者も書いてない部分ですが）ピノとピピは口々に答えた。

「この世界には、もういっぺん神様に会って、神様と交渉して」

「新しい魔法石をもらってくる資格のある〈選ばれし者〉がいるんだけど」

「その〈選ばれし者〉のもとには、十二歳の誕生日の朝に、ゴム長靴が出現するの」

「だけどゴム長が現れただけじゃ足りない」

「そうそう。〈選ばれし者〉は、必ず二人ひと組になるはずなので――」

「相方が必要なんだ」

「で、鑑定課のおじさんが長靴の底を鑑定して、そこに相方の名前が読み取れる場合は〈当たり〉で、読み取れない場合は〈ハズレ〉なの」

「つまり、オレの枕元に現れたゴム長は相方のもので、オレのゴム長は相方のところに現れているはずなんだ」

よくできましたと、世界のトリセツは一対の葉っぱで拍手した。

「ですからお二人は、それぞれお互いのゴム長をここに持ってきたわけです」

ピノにはピピが持ってきた黒いゴム長。ピピには、ピノの枕元に現れた赤いゴム長。

「それであたし、思ったんだけど」

今度は何だ。

「①どうして〈選ばれし者〉は必ず二人ひと組なの？」

トリセツが答えた。「神様の元へ行くのは難事ですよ。一人じゃ大変です。二人で助け合って行った方がいいでしょう？　旅の仲間が必要でしょう？」

「②どうしてキーアイテムがゴム長なの？」

「丈夫だからですよ。どこにでも行けるでしょう」

トレッキングシューズの方がよかったような気もします。

「やっぱり、①も②もとってつけたみたいな感じね」

「おっしゃるとおり、とってつけたような設定なのです」

世界のトリセツはきっぱり言った。

「設定なんてものは、とりあえず〈ついてりゃいい〉のでございます」

再び、しぃん。

「それでも、お二人がこれからこの世界を冒険する旅に出なければならないことだけは、真実です」

最初からあるかどうか怪しかったピノのやる気は、今や急速に失《う》せている。

「神様に会って、追加の魔法石をもらうために？」

「いいえ」

トリセツはどこまでもきっぱりしているのだった。

「じゃ、あたしたちは何のために旅に出るの？」

作者のためじゃありませんよ。

「この世界の成り立ちを変えて、この世界を本物の世界にするためです」

ピノとピピは顔を見合わせた。

「本物の世界？」

「じゃ、今のオレたちの世界は本物じゃないのかよ」

「はい、そのとおり」

「ニセモノの世界だっていうの？」

「ニセモノというより――」

できそこないの世界だと、トリセツは言った。不完全なのだと。

「でも世界って、みんな不完全なんじゃないの？」

「そうだよ。完全な世界を求めようとすると、えらいことになるんだよ」

けっこう深遠なことを言った二人の子供を、トリセツは無視した。

「それより、お二人に大事なことを申し上げるのを忘れていました」

葉っぱの先でインテリ眼鏡の縁をちょっと押し上げて、

「十二歳といったら、お年頃への入口みたいなお年頃でございますが、これからお二人が二人だけで旅をしてゆく上で、そういう意味でキケンなことやアブナいことは何もございませんので、ご安心を」

ピノとピピはまた顔を見合わせて、今度は同時に目をそらした。

「ど、どうして？」

「あなた方、双子ですから」

ええええええ〜！

だからちょっと顔が似ていたのだ。でも、

「そんなこと、こんなどアタマで言っちゃっていいの？」

「そうだよ、『スター・ウォーズ』だって、それをバラすまでにはけっこうな手間隙《てまひま》かけたのに」

するとピピが笑った。「でもあたしは『帝国の逆襲』のときに見当ついてたよ。みんなそうじゃない？」

ピノは固まった。「おまえ、またヘンなこと言ったぞ」

「先に言ったのはピノだよ」

「それも〈選ばれし者〉の素質なのですよ」と、トリセツが言った。「自分が知らないはずの本物の世界のことを、なぜか口にすることができる。神子《みこ》体質なのです」

体質と言われては仕方がない。

「まあ、いいや」ピノはまた髪を掻きむしる。「オレとピピと、どっちが兄貴なんだよ」

「あたしは女の子だよ！」

「ピピさんが姉さんです」

ピピは反《そ》っくり返った。「これからは姉さんの言うことをよく聞くんですよ、弟」

「ていうか、オレたちが双子なら、どうして今まで別れ別れになってたんだ？」

「その方が、こうして巡り合ったとき盛り上がるからです」

（もう少し上等な理由がありますが、それはおいおい書きます・作者註）

ピピがぴょんと立ち上がった。「あたしの長靴、履いてみようっと。赤いの可愛《かわい》い」

ピノも自分の黒いゴム長を引き寄せて、途端にうっと顔をしかめて手で鼻を押さえた。

「これ、臭くねえ？」

「ごめんね」ピピが薄ら笑いをした。「今朝《けさ》ねえ、おじいちゃんがちょっと履いてみたんだよ」

ジジイの足の加齢臭か！

「自分のおじいちゃんの足の臭《にお》いだよ。そんな顔したらバチがあたるよ」

そうなのだ。ピピを育てた彼女のじいちゃんばあちゃんは、ピノのじいちゃんばあちゃんでもあるのである。

長靴は、それぞれの足にぴったりと合った。蒸れないし、履き心地も抜群である。二人はぐるぐる光りながら回る（ずうっと回っていました）輪っかの内側を、靴底を鳴らしながら歩き回った。

「それを履いていると、このできそこないの世界の真実が見えてきます」と、トリセツが言った。「お二人ができるだけたくさんの真実を探し出すことが、この世界を本物の世界に創《つく》り変えるために必要なのです」

重々しい託宣のような言葉が終わるや否や、この空間全体が鳴動を始め、二人の足の下から地鳴りが響いてきた。

「おや、もう変化が始まったようです」

外へ出てみましょうと、トリセツは葉っぱの先で頭上を指した。

「参りましょう。これからお二人が旅する我らができそこないの世界――〈ボッコニアン〉へ！」

第1章
フネ村の二人・2

ぽぽん。

またぞろのどかな音がして、ピノとピピが移動したのは――

井戸の底。

内壁に爪《つめ》を立ててへばりついてピノは叫んだ。「外じゃねェぞ！」

「シツレイしました」

世界のトリセツは、ひとりだけ優雅に中空に浮いている。

「テレポート魔法の座標計算を誤ってしまったようです」

上手に立ち泳ぎしながら、ピピは頭上の高いところにぽっかり丸く見える青空を仰ぐ。

「でも、そんなに大きくズレてるわけじゃないよ。ここ、うちの井戸だもん」

昨日引っ越してきたばっかりなのに、何だって井戸の底まで知ってるんだ？

「そりゃ、いちばん最初に井戸掃除をしたからよ。安心して使えるかどうか確かめなくちゃいけないもん。ピノ、今まで引っ越したことないの？」

ごぼごぼごぼごぼ。

「大変だ！　トリセツ、ピノが沈んでる！」

「おやまあ」

ぽぽん。

ぎりぎりセーフで再移動した先は、今度こそ地面の上であった。

但《ただ》し、羊の群れのど真ん中だ。

「うわぁ～！」

「いちいちうるさいなあ。うちのヒツジちゃんたちだってば。みんな、ただいま」

白いウールを着込んだ羊たちは、ピピによく懐いているらしく、わさわさと寄ってくる。ピピは両手を広げて羊たちに取り囲まれた。

「羊？　ヒツジ？　どうして羊？」

フネ村の牧畜業では、馬と牛が主流である。ピノは生まれて初めてナマの羊を見た。

「毛が高く売れるもん」

井戸の水でずぶ濡《ぬ》れになった服が、羊たちのラッシュでいい感じに脱水されてゆく。ちょっぴり臭いけど。

「それに、うちのおじいちゃんはグレン・フォードの大ファンだから、牧牛が主流の土地で敢《あ》えて羊を飼うわけよ」

「おまえ、またおかしなこと言ってる」

「そう？」

「今のピピさんの台詞《せりふ》の意味がわかる人は、かなり年季の入った西部劇ファンですね」

トリセツはちゃっかりとピピの頭の上に乗っかっている。

「それよか、ここ、ホントにアモウのおっさんの牧場か？」

ピノは羊たちに押されながら、何とかかんとか体勢を立て直してまわりを見た。納屋も厩舎《きゅうしゃ》も、アモウ牧場だったころとは見違えるようにしゃっきりとして、ペンキは塗り直され屋根もふき直されている。青空の下、レンガ造りの家の赤い屋根がえらくお洒落《しゃれ》だ。ピノの記憶ではあっちこっちで倒れていた柵《さく》も、すべて修繕されているようだ。

「全部リフォームしたんだよ。あ、おじいちゃんだ！」

赤い屋根の厩舎から、テンガロンハットを小粋な角度で頭に乗っけたじいちゃんが出てきたのだ。ピピは大喜びで手を振り、ぴょんぴょん飛び上がりながら大声で叫んだ。

「おじいちゃん、ピピだよ！　ピノを見つけた！　あたしの赤い長靴！　世界のトリセツも一緒だよ！」

ほとんど意味不明の叫びだと思うのだけれど、じいちゃんも大声で何か応じると、ピピとピノの方へ駆けてきた。その声が聞こえたのか、家のなかからは赤いエプロンをしたばあちゃんが出てきて、やっぱりこっちへ走ってくる。ピノたちも走る。その後ろからは羊の大群がついてくる。

「おお、おまえたち！」

じいちゃんがジャンプしたピピを受け止めた瞬間、出し抜けに空が翳《かげ》った。太陽がみるみるうちに真っ黒に変わってゆく。日食だ。それと同時に、さっきまでは雲ひとつなかった青空を、不吉な黒雲が覆い隠してゆく。

そして、再び地鳴りが始まった。

「こっちへおいで！」

一同は赤い屋根の家へと走った。羊たちは怯《おび》えて混乱し、ひとかたまりになってぐるぐる回り始めた。互いに互いの陰へ隠れようとするように、ぎゅうぎゅうと押し合っている。

一転して夜のように暗くなった視界に、ひと筋の閃光《せんこう》が走った。稲妻だ。

「早く早く」

ばあちゃんが一同を招《しょう》じ入れ、背中でドアを閉めてほっと息をついた。

ピノがいない。

「あれ？　ピノはどこ？」

ピピは窓枠に飛びついて外を見た。二度、三度と稲妻が空を裂く。

「ごらん、ピピ」

じいちゃんばあちゃんはピピを守るようにぴったりと寄り添い、黒雲に覆い尽くされた空を指さした。

「あの稲妻、雲に文字を描いておるよ」

「ホントだわ、文字ですよ」

正確には〈文字のように見えるもの〉だ。だってピピの使い慣れている文字ではない。モルブディア王国ばかりか、ロヲラン西大陸のどこの国の文字でもない。つまり読めないのだ。

「トリセツ、あれは何？」

ひときわ強い稲妻が、黒雲に刻みつけてゆくひと続きの文字列。

ピピの頭の上で、トリセツは重々しく答えた。「神代《じんだい》文字《もじ》でございます」

「神様の文字ってことね。何て書いてあるの？」

トリセツは思い入れたっぷりに間をおいた。ピピとじいちゃんばあちゃんは息を詰めた。

「こう書いてあるのでございます――」

封印は解かれた
「えええええ～！」

ジジとババとマゴは絶叫した。

「そんな、ありきたりな！」

だって、これは〈お約束〉でしょう。

「ところで、ピノはどこ？」

現れたときと同じように唐突に黒雲が去り、稲妻が消え、地鳴りが静まり日食が終わって陽光がうらうらと地上を照らし始めると、すぐ判明した。

羊たちの下敷きになっていました。

「おまえたちはね、双極の双子なのだよ」

「だから、別々に育てなくちゃならなかったんですよ」

じいちゃんばあちゃんの羊牧場——正式名称〈フォード・ランチ〉の母屋《おもや》の居間である。そのままだと羊臭くてしょうがなかったピノは、水浴びをしてピピの服を借りて着替えて、でもまだちょっぴり羊ショックから立ち直れないでいる。

「まず教えてもらいたいんだけど、じいちゃんばあちゃんは、オレとピピのどっちのじいちゃんとばあちゃんなの？」

ほうろうのマグカップに注《つ》いだ熱いココアをピノに手渡し、ばあちゃんは答えた。

「二人のじいちゃんばあちゃんだよ」

「違う違う、父方か母方かどっちかって意味だって」

「ああ、そりゃ父方じゃ。セリムはわしらの一人息子なんだよ」

セリムというのはピノの父さんの名前だ。

「カリンさんのご両親は子だくさんでね」

カリンというのはピノの母さんの名前だ。

「孫も大勢いたのよ。それでいろいろ大変だっていうから……」

「あたしはこっちのおじいちゃんとおばあちゃんに引き取られたのね」

ピピは素直に納得しているようだが、ピノは何となく不穏な匂《にお》いを嗅《か》ぎつけていた。ばあちゃんが「カリンさん」と発音するときの口の端の曲がり具合と、イントネーションが気にかかる。

「カリンさんにはカリンさんの意見があったのかもしれないけど、あの人は赤ん坊が双子だっていうだけでまずビビってたし、双極の双子だってわかるとなおさらおたおたしちゃって、セリムの稼ぎじゃいっぺんに二人も育てられないとか、育児ノイローゼになりそうだとか、妊娠線が消えないと水着が着れないとか母乳で育てると胸の形が崩れるとかブツクサぶつくさ文句ばっかり言うし、あたしはいっそピノも引き取らないとまずいんじゃないかと思ったくらいだよ」

ますますキナ臭い。ばあちゃんとピノの母さんは嫁姑《よめしゅうとめ》の関係になるわけで、

――仲、悪いんだな。

「それでもまあ、何とかピノを一人前に育ててくれたらしいから良かったけどねえ」

あんまり良くない。そのピノを検分するような目つきから推して、かなり良くない。

「いくらか、育て直しが必要のような気がしないでもないけど……」

嫌味な口ぶりは、全然よろしくない。ファンタジー小説に嫁姑紛争を持ち込むなんて、いかにもこの作者がやりそうなことだしな。

「おい、トリセツ」

ピノは鋭く呼んだ。トリセツは窓際のフラワーボックスの隣で、葉っぱの先で花びらの隙間《すきま》をかっぽじっていた。そこが耳なのか？

「双極の双子って、何だよ？」

トリセツは花びらの隙間をかっぽじった葉っぱの先をしげしげと観察し、ふっと何かを吹き飛ばした。

「あ〜、すっきりした。羊さんたちの毛が入っちゃって、くすぐったくて」

「トリセツ、危ない」

ピノがマグの中身をトリセツの鉢の中にぶっかけようとするのを、ピピが止めた。

「ピノ、落ち着いて」

ピノは小声で言った。「母さんは働き者だよ。文句垂れなんかじゃない。オレのことだってちゃんと──」

ピピも優しい目をして小声になった。「わかってるよ。あたしのママのことだもん」

トリセツがにんまりしている。

「と、ともかく何だその、手っ取り早く説明しろよ」

トリセツはふわりと舞いあがると、葉っぱで羽ばたきながらテーブルの上に降りてきた。

「この世界には、希《まれ》に、魔法石の気を帯びて生まれてくる子供がいるのです」

「魔法石の気？」

「魔法石が秘めている力と、よく似た力を備えて生まれてくると申し上げてもよろしい。わかりやすく言うならば、一種の異能者の素質と申しますか」

とはいえ、あくまでも〈気〉であって、それだけでは何の役にも立たないという。

「単なる体質でございますからね」

「鍛えないと能力が開花しないってこと？」

「はい。それ以前に、成長するうちに〈気〉が消えてしまうことも多いのです。現にお二人がそうであるように」

ピノとピピはお互いの顔を見た。

「そうね。あたしはフツーの女の子よ」

「オレもたぶん」

「でも二人とも、赤ちゃんのときにはけっこうな力《パワー》を持っていたんだよ」

　ばあちゃんが力んで割り込んだので、トリセツはこほんと咳《せき》をした。

「この魔法石の力――〈気〉というものには、ベクトルが二種類あるのです。〈正〉の向きと〈負〉の向きでございます」

「磁石のS極とN極みたいなもの？」

「ちょっと違いますね。〈正〉の力は物質を解放する力であるのに対して、〈負〉の力は物質を破壊する力なのですよ」

　わかったようなわかんないような。

「カイホウはいいけど、ハカイは物騒で何か嫌だなあ」

　そして双極の双子とは、片方が〈正〉の、片方が〈負〉の力を持っている双子のことなのだという。

「これは、希な上にもさらに希な組み合わせでございます。双子の兄弟姉妹《きょうだい》が魔法石の気を帯びて誕生する場合、普通はどちらも同じ力を持っているものですから」

　ふうん、とピノは声に出してうなずいた。

「だから、赤ん坊のころのおまえたちを一緒にしておくと、よく騒動が起こったんじゃや」

　じいちゃんが、指先にテンガロンハットを引っかけて、くるくると回した。

「〈正〉の力と〈負〉の力は、互いに引き合ったり反発し合ったりするらしくてな。おまえたちの〈気〉がぶつかり合って、こういう帽子みたいな軽いものが勝手に飛び回ったり、ガラスが割れたり、時計が逆回りしたり、カーテンが燃え上がったり、ポットのなかの水がいきなり沸いたり凍ったり」

ピピの目がまん丸になった。「それってポルターガイストじゃない！」

「騒がしくっておちおち寝てもおられんかった。だからおまえたちを引き離して、別々に育てることにしたわけじゃ」

ピノとピピはまたお互いの顔を見た。

「でも、今はこうして」

「再会しちゃったわけだけど」

「大丈夫なのかしら？」

もしかしたら、さっきの羊たちの暴走も、双極の双子の相反する力のベクトルの作用だったのでは？

二人はゆっくりと首《こうべ》をめぐらせ、おそるおそる窓の外に広がる牧場を見渡し——いや、見渡す必要はなかった。羊たちは窓辺のすぐそばまで押しかけていた。群れをなしておとなしく静まりかえっている。

羊たちの沈黙。

「でも、今ンとこは何でもないだろ？」

「そうよそうよ、やっぱり、あたしたちの〈気〉も消えちゃったのよ」

じいちゃんもばあちゃんも聞いちゃいなかった。二人の目は、居間の隅に据えてある大きなぼんぼん時計に釘付《くぎづ》けになっている。

時計の針がぐりぐり逆回りしていた。

「うへへ」

ピノがわざとらしく声をあげて笑った途端に、すぐそばで壁のタペストリが燃え上がり、瞬《またた》く間に白い灰になって床に散った。

「へ、へ、閉鎖系における、エ、エ、エントロピーの法則というものは」

ピピがピノの口を片手で押さえた。「ねえトリセツ、あたしたちが双極の双子であることと、さっきあなたが言ってた〈世界の謎《なぞ》を解く、選ばれし長靴の戦士〉とかいうことのあいだには、何か関係があるの？」

「長靴の戦士って何だよ！」

「どうなの？　関係あるの？」

「いいえ、ございません」

それとこれとはまったく別件で、

「たまたまでございます」

まるっきり偶然だ（と言い切っていいのかどうか、作者にはまだ自信がありません）。

ピピはがっくり肩を落とした。

「そうはっきり言われると、盛り下がるわ」

「すみませんが、わたくしは世界のトリセツでございますので、嘘《うそ》はつけません」

「それなら、あたしたちがフッーの双子でも、あるいは双子でなくっても、長靴の戦士に選ばれた以上、あなたの言うこの〈できそこないの世界〉の真実を見つける旅に出なくちゃならないことに変わりはないわけね？」

「サヨでございます。ですが、相当な困難が予想される旅ですよ。お二人が双極の双子で、努力と精進《しょうじん》によっては強力な魔法やスキルを行使できる可能性を秘めているというのは、心強いことではありませんか？」

まあね、と頬杖《ほおづえ》をつくピピの袖《そで》を、ピノがつんつん引っ張った。

「ん？　なあに」

「じいちゃんとばあちゃんが凍ってる」

赤い屋根と白い羊たちの群れが遠くに見える。

「これぐらい離れりゃ、いいだろ」

牧場の端も端、柵を越えたら向こうは藪《やぶ》と雑木林で、そのさらに先は崖《がけ》——という場所まで移動してきたピノとピピである。

「おじいちゃんもおばあちゃんも、ちゃんと溶けたかなあ……」

「カモ先生が来てくれたし、大丈夫だよ」

フネ村の町医者のセンセである。旧アモウ牧場で人間氷結事件が発生したと報《しら》せると、助手と看護師を連れて飛んできてくれた。

「だけど、あの歳《とし》で身体《からだ》の芯《しん》まで凍っちゃったんだよ。完全に元通りになるかしら」

「なるよ。少なくともばあちゃんは、めちゃめちゃ心臓強そうだったし」

しんみりモードの二人に、

「それにしてもお二人は、長靴と体育座りがよく似合いますね」

トリセツは全く同調していない。

「お二人がだんだんと慣れてくれれば、力をコントロールすることができるようになりますよ。そんな深刻な顔をなさいますな」

「どうしたらコントロールできるようになるの？」

「ですから、慣れることでございます」

「トリセツ、けっこういい加減だね。あなた、本当に世界の取扱説明書なの？」

トリセツは二人に背中（？）を向けた。

ピノはせいぜい凄《すご》みをきかせて訊《き》いた。「〈ボッコニアン〉って何だよ」

おっと、〈フォード・ランチ〉に救急車が到着した。パトカーの赤いライトとサイレンに、羊たちがメエメエ騒いで逃げてゆく。

「教えろよ。トリセツおまえ、地下のあのヘンな場所で言ってたろ？　我らができそこないの世界〈ボッコニアン〉って。すげえヘタレな世界の感じがぷんぷんする——おい、トリセツ！　都合が悪くなると植木鉢のふりしてンじゃねえよ！」

ピノがつかもうとすると、トリセツはくるりと振り向いた。歯を剝《む》いている。見事にびっしりと生えそろった歯並びに、左右に犬歯がひとつずつ。これは歯じゃない。八重歯なんて可愛《かわい》いものじゃない。牙《きば》である。

ピノが思わずひるんで手を引っ込め、身体ごとあとずさると、トリセツは口をすぼめて、ペッと何かを吐き出した。それはピノのほっぺたにあたってチクリとした。

「こちらはピピさんの分。はい、手を出してくださいね」

同じようにペッと、トリセツはピピの掌《てのひら》にも何かを吐き出した。

「これ、なあに？」

「げえ、キモい」

たった今見せつけられた、トリセツの牙だ。

「右耳にあててご覧なさい。耳わっか飾《イヤー・カフ》りになります」

ピピが素直にそうするのを、ピノは止めた。「姉ちゃん、あんた素直すぎ！」

「あら、でも」

ピピがトリセツの牙を耳にくっつけると、それは自然と形を変えて、本当にイヤー・カフになって収まった。

「お二人専用の、わたくしとの交信機でございます。これを介していつでもお話しすることができますし、必要なときには呼び出してください。わたくしはいつもいつもこの姿でお二人に同行するわけには参りませんからね」

　確かに、羽ばたいて浮遊してしゃべって攻撃する植木鉢を連れていては、ピノとピピはやたら怪しい。

「そっか、便利だね。ありがとう」

　ピノも渋々、トリセツ牙式イヤー・カフを装着した。「耳小骨《じしょうこつ》を直接振動させるタイプじゃないんだな」

　作者はＭＧＳ《メタルギア・ソリッド》シリーズをちゃんと

クリアしていないので、申し訳なくて流用できません。すまんことです。

「我らがこの世界〈ボッコニアン〉とは」

いきなり説明を始めるトリセツは、どこまでもマイペースだ。

「文字通り、〈ボツ〉によって作られている世界なのでございます」

ボツ？

「本物の世界から日々吐き出される〈ボツネタ〉が集まり、積み重なって、今お二人がいるこの世界は成り立っているのでございます。だから〈ボッコニアン〉」

ピノとピピは体育座りをしている。本当は正座して拝聴するくらい大事なことなのだけれど、長靴を履いていると正座は難しい。

「それが〈ボツ〉の意味なのね」

「じゃ、〈コニアン〉の方は？」

トリセツは植木鉢のふりをした。

「きっと、ゴロがいいから付けたのね」

「納得するのかい、姉ちゃん！」

「そんな細かいことはいいじゃないの。それより、どんな種類のボツなの？ ボツったっていろいろあるでしょう」

「小説のボツなら、今この瞬間にもうちの作者がほうぼうで生産してるからな」

悪かったな。

トリセツはマイペースで答える。「主にテレビゲームでございますね」

「作者の趣味なのね……」

ひと言弁解しておきますが、そんなネタで小説を書いてもいいかしらと（遠慮がちに）訊いたら、許可してくれたのは「小説すばる」の編集長です。

「気の毒なのは挿絵画家《さしえ》よね……」

皆さん、タカヤマ画伯に励ましのお便りをお寄せくださいね。

「でもトリセツ、さっきからあたしたちがたまに口走ってるヘンなことは、ボツネタじゃないでしょ？」

「はい。本物の世界の、ちゃんとした創作物の情報でございますよ。お二人は神子《みこ》体質なので、ときどきランダムに本物の世界と通じてしまうのですね」

そうだ、トリセツはそれも〈選ばれし者＝長靴の戦士《いず》〉の素質だと言っていた。

「このボツコニアンは、本物の世界から生まれ出るボツネタの掃き溜め《はだ》、吹き溜まり、ゴミたちの集う夢の島」

けっこう、グサッとくる。

「即《すなわ》ちできそこないの世界なのでございますが、できそこないだって成長したいと思うのは人情でございましょ？　できそこないだってビッグになりたいじゃありませんか」

だから、ボツコニアン創世の神は長靴の戦士を選び出すのだという。

「二人の戦士にこのボツコニアンをくまなく探索させて、こちらの側から能動的に本物の世界へと通じる道を切り開き、本物の世界のボツでない創作物のエネルギーを取り込むことによって、ボツコニアンをより良い世界に創《つく》り変える。それが神の望みでございます」

ピノとピピは沈黙した。それぞれに考えた。

そしてピノは言った。「そんなの、神様が自分でやりゃいいじゃんか」

そしてピピは言った。「もしもあたしたちがそんなことを成し遂げたら、本物の世界は迷惑するんじゃないかしら？」

トリセツはあっさり認めた。「はい、大いに迷惑するでしょうね」

確信犯である。

「先方から見れば、捨てたはずのボツネタが逆流してくることになるからです」

だから封印がなされているのです、と言う。

「ボツコニアンの側からは、本物の世界にアクセスすることができないように、こちらはシールドされていたのです」

その封印が、さっき解けた。

「お二人が揃《そろ》ったからでございます」

ただの長靴の戦士ではない。正と負の相反するエネルギーを持つ双極の双子だ。

「あたしたちって……」

ピピは半ベソをかいている。

「本物の世界にとっては、厄介で危険な存在なんじゃないの？」

「ボッコニアンにとっては希望の星でございます」

ピノは声を張りあげた。「そうだよ。胸を張っていこうよ！」

「だけど」

「自分たちが住んでる世界を良くしようって思うことの、何が悪いんだよ。本物の世界はボッを切り捨てて、ずっと知らん顔してきたんだろ？　不公平だよ。こっちだって逆襲してもいいじゃねえか」

息巻くピノと萎《しお》れるピピを見比べながら、トリセツはまたにんまりしている。そして、内心でこっそり呟《つぶや》いている。

――ボッは真実、ボッなのでしょうか？

これは、ピノとピピには聞こえない。

「封印が解けたので、ボッコニアンの真実が、この世界のそここに現れるようになりました。お二人はそこを探索して、本物の世界へ通じる手がかりを探すのです。それこそが選ばれし者、長靴の戦士の使命なのですよ」

トリセツのお告げに、ピノはそれなりに興奮しているけれど、ピピはまだ元気が出ない。

「でもあたし、今まで自分たちの世界がボツだなんて思ったことないよ」

そこそこ平和で豊かで幸せだった（おざなりだけど世界設定もされてたし）。

「それも封印のせいでございますよ。ボツコニアンのボツたる所以《ゆえん》が覆い隠されていたからでございます」

「じゃ、これからは違うの？」

ピピが問いかけたとき、また車のサイレンが聞こえてきた。村役場に向かって疾走する、あれは保安官事務所の緊急車両だ。

「どうしたんだろ？」

「始まりましたね」トリセツはにっこりした。「ボツコニアンの真実が露呈したので、出現したのでございます」

「何が？」と、二人は訊いた。

「決まってるじゃありませんか」

晴れ晴れと、トリセツは宣言する。

「モンスターでぇす！」

さあ、金《かね》と経験値稼ぎに出発だ！

第２章
瀕死度激高チュートリアル

村役場の二階の床——ちょうど、あの鑑定課のおっさんがいたあたりに、直径二メートルほどの大きな穴が開いている。おっさんも机ごと消えている。

穴は一階を通り抜け、土台の地面まで貫通しているようだ。胴の直径二メートルほどの蛇みたいな生きものが、猛烈なスピードで通過した跡みたいに見えなくもない。実際、一階の事務室でこの穴の〈進路〉にあった備品の類《たぐい》は、おっさんと同じように消えていた。部分的に引っかかっていたものは、引っかかった部分だけがスパリと切り落とされたみたいに失《な》くなっている。

——この境目に、人間が立ってなくてよかった。

胸を撫《な》で下ろし、ぞわりと考えたピノだ。そして思い出した。

「床下のおばさんは無事かな？」

村でただ一人のホームレスのおばさんだ。

「さっき、埃《ほこり》まみれになって這《は》い出してきたから無事だろう」

フネ村の治安を守るアーチー保安官は、白髪まじりのロン毛をちょんまげにした、顎《あご》鬚《ひげ》もナイスな大男である。外見だけでなく、声もナイスだ。読者の皆様は、どうぞお好みの声優さんの声をあててお読みください。

「ところで」

アーチー保安官は太い腕でピノを脇《わき》に押しやると、鑑定課のおっさんが消えた穴の縁に立って、下を覗《のぞ》き込んでいるピピに近づいた。

「お帰り、ピピ」

ピピは目をぱちくりした。「保安官、あたしを知ってるんですか？」

「セリムとカリンのあいだに双極の双子が誕生したと聞いて、俺が産院に駆けつけたとき、おまえさんはちょうど産湯《うぶゆ》につかっているところだった」

ピピはさらに目をぱちくりした。ピノはたちまちスケベな気分になって、その表情を見守った。さあピピ姉《ねえ》、今の発言はどう？　保安官はピピ姉のオールヌードを見たことがあるって意味だぜ、でへへ。

ピピは保安官に尋ねた。「双極の双子って、生まれてすぐ判別がつくものなんですか」

「そりゃ、たちまちわかったさ。産院の先生が、記念写真を撮《と》るためにおまえさんたちを左右の腕に抱き取った瞬間に、壁をぶち抜いてふっ飛ばされたからな」

双子の持つ正負のエネルギーが反発しあったからである。

「ついでに言うと、先生の腕から宙に飛んだピノを受け止めたのはセリムだが、おまえさんをキャッチしたのはこの俺だ」

「ありがとう」

ちっともオールヌードの展開にならない。

「ねえ、保安官《ほわんかん》」

「おまえさんたちは、これが何ものの仕業だかわかってるんだろうな？」

アーチー保安官は、肩章のついた制服の袖《そで》を引っ張るピノを無視して、床の穴の暗がりをちょいちょいと親指でさした。

「何ものって……」

ピピは初めて気味悪そうに首をすくめ、穴の縁から一歩下がった。

「トリセツは、モンスターだって言ってたけど」

「トリセツってのは、こいつだな？」

保安官は両の眉毛《まゆげ》を持ち上げ、上目遣いになった。トリセツはちょんまげ頭のてっぺんに乗っているのだ。

「言い伝えでは、長靴の戦士が現れるとき精霊が先触れをする——ということだったが、ずいぶん珍奇な形の精霊だ」

「お言葉ですが、わたくしは精霊ふぜいとは格が違います。あんな使い走りではありませんので、そこのところよろしく」

保安官には見えてなかろうが、トリセツはまた牙《きば》を剝《む》いている。

「もっとお偉方なのかい？　じゃあ、なおさら結構だ。二人に説明してやってくれよ」

牙を引っ込めると、トリセツはすまし顔に戻った。「Ｗ《ダブル》ピーさん、これは空龍《エア・ドラゴン》の仕業です」

「ちょっと待った。Ｗピーって何だよ」

「空龍ってなあに？」

ピノとピピが同時に問い返した。

「封印を守っていた、いわば〈門番〉のモンスターですよ、ピノピさん」

「ピノピって何だ？」

「わかった。あたしたち二人の省略形なら、あたしはピノピの方がいいわ」

ピピは両手を腰にあてて、穴の縁にすっくと立った。「ピノピが揃《そろ》ってしまって封印が解かれたので、門番も自由になって暴れているってわけね？」

「というより、職を失って怒っているのでしょう」

「リストラされた門番の怒り、か」

アーチー保安官は顎鬚を引っ張り、分厚い肩をすくめた。

「こいつは大変だ。早いとこ退治しないと被害が拡大する」

「サヨでございます。出発しましょう、ピノピさん」

さっきから相手にされていないピノは、思いっきり前に出て自分の顔を指さした。

「オレ、たちが、退治、しなくちゃ、ならないのか？」

「はい、当然です。これはチュートリアル・マップなのですからね」

〈チュートリアル〉というのは、プレイヤーにゲームシステムを理解してもらうための解説と練習のことです。

「本物のバトルなの？　〈初心者の館《やかた》〉じゃないわけ？」

「本家のFF《ファイナルファンタジー》シリーズでも、近ごろは〈初心者の館〉を設けていないようですから、もしかすると今後登場する可能性はありますが、今回はございません」

ピピはきりりとツインテールを締め直した。ついでにまなじりを決する。

「じゃ、下手《へた》を打つと死ぬワケね」

今にも穴の底に飛び降りようとするではないか。

「おいおい、ここから飛び降りる気か？　せめて一階からにしろよ」

止める保安官に、ピピは凛々《りり》しい笑顔を見せた。「平気ですよ、保安官。さっきもあたしたち、経験済みですから」

そして、ぴょんとジャンプして穴の中へと消えた。

「なかなかガッツのある娘だな。さすが、俺がキャッチしただけのことはある」

続いてアーチー保安官も飛び込んだ。

「え？　え？　え？」

慌てるピノはその場で足踏みするばかり。

「素手で行くの？　武器は？　スキルは？」

「行けばわかります！」

トリセツが植木鉢の底の部分で、ピノの背中にケリを入れた。

「うわぁ～！」

この先当分のあいだ、ピノはこうやって叫んでばかりいる予定です。作者がぬかりなく単語登録するほどに。


暗転。

三人とも無事に、空龍が穿《うが》ったらしい地下トンネルの入口に立っている。トンネルの暗闇《くらやみ》の奥からは、何ともいえない悪臭と、どよんとした熱気が流れてくる。

「空龍って歯槽膿漏《しそうのうろう》なのか？」

鼻を押さえて呻《うめ》くピノの背中を、ピピも吐きそうな顔をして撫でてくれる。やっぱり姉さんだ。

「これが口臭なのかどうかはわかんないけど……」

「熱気の方は空龍の仕業だろうな」と、保安官が口で息をしながら言った。「言い伝えでは、火を吐くドラゴンだそうだから」

「そんなものと戦うのに、素手じゃ無理だよ。保安官《ほわんかん》、武器持ってるだろ？　オレたちにも貸してくれよ」

なるほどアーチー保安官は二丁拳銃《にちょうけんじゅう》で、肩のホルダーには大ぶりのコンバットナイフを装備している。しかしそれに手をやる様子は見せず、保安官は苦い顔でピノを見おろした。

「なあ、ピノ」

「オレ、そっちの拳銃がいいなあ。グリップに傷がついてる方」

「さっきから気になってるんだが、おまえ、字が読めんのか？」

何のこと？　とピノは子供の顔をした。

「いいか、俺は〈保安官《ほあんかん》〉だ」

「そうだよ。知ってるよ」

「なのにおまえは、ずっと〈ほわんかん〉と呼んでいる。〈わ〉じゃなくて、〈あ〉だ！」

ルビをよく見ろ、ルビを。

「ちょっと、静かに」

トリセツを肩に乗せたピピが、二人を手で制した。

「何か聞こえない？」

確かに、ざわざわ……という気配が近づいてくる。保安官は右の拳銃を抜いて構えた。

「空龍じゃなさそうだ。ドラゴンなら、少なくともこの通路と同じくらいでっかいはずだからな」

面妖《めんよう》な気配は、足元の方から近づいてくるのである。もっと小さいもののようだ。

「おまえたちはここにいろ」

戦闘態勢に入った保安官は、トンネルの先に向かって一歩ずつ進み始めた。それから急に思い出したように腰のベルトに手をやり、細身の懐中電灯を取り出した。

「灯《あか》り、持ってンじゃんか」

「うるさい、静かにしろ」

馬手《めて》に拳銃、弓手《ゆんで》に懐中電灯。指向性の強い光が、トンネルの壁を忙《せわ》しなく照らしてゆく。光源が小さいので、闇の部分の方が圧倒的に大きい。真っ暗よりもかえって怖くて、ピノはじりじりと移動してピピの後ろに隠れた。

「何かいますか？」

ピピの問いかけに、保安官が振り返ろうとしたそのとき、トンネルの地面の一部がむくりと持ち上がって、保安官の足に噛《か》みついてきた。

「わ、何だこりゃ！」

ピノピは叫んだ。「カメだぁ！」

正確に言うならばカミツキガメである。丸っこいのどかなお馴染《なじ》みのカメさんではなく、頭が尖《とが》っていて口がくわぁっと開き、ワニも顔負けの鋭い歯並びだ。

「何でこんなもんがいるんだ？」

保安官は頑丈そうなブーツを履いているので、足は無事である。しかしその分厚いブーツの爪先《つまさき》に、凶暴ガメはがっちりと食いついている。

「こいつめ！」

保安官は懐中電灯で凶暴ガメの頭をぶっ叩《たた》いた。カメは吹っ飛ばされて弧を描き、トンネルの側面にぶつかって地面に落ちたが、すぐにしぶとく首を持ち上げて向かってくる。

カメを殴打した拍子に、保安官の手から懐中電灯がすっぽ抜けて、一メートルばかり先に落ちた。すると、小さな光源がめちゃめちゃ気持ち悪い景色を照らし出した。地面を覆い、折り重なってトンネルの側面にまで盛り上がりながら、カミツキガメの大群が押し寄せてくる。

「群れてるぅ！」

ピノの悲鳴に、カミツキガメたちが一斉に雄叫《おたけ》びをあげた。キシャ〜！

「オレ、帰る」

回れ右をして逃げ出そうとするピノの後ろ襟を、ピピががっきとつかんだ。「そうはいかないわよ、戦いなさい！」

「だってどうやって戦うんだよ！」

「こいつらはカメだ。ひっくり返せ！」

既にして保安官は中腰コサックダンス状態で、両脚を交互に跳ね上げて凶暴ガメたちを蹴《け》っ飛ばしている。硬い甲羅が下に、やわい腹が上になると、すかさずブーツの底で踏んづけるのだ。

「嚙まれちゃうよ！」

「何のために戦士の長靴を履いてるんだ、おまえらは！」

そうね、と応じてピピが飛び出した。

「いくわよ、無回転シュート！」

作者はひところ夢中でサッカー・ワールドカップを観《み》ていたので、ちょっと書いてみました。

「ピピ、ケツを狙《ねら》って蹴れ」

「了解！」

「頑張れ、ほわんかん！」

「おまえも蹴れ、ピノ！　ぐずぐずしてると、こいつら側壁を登ってくるぞ！」

「わかった、ほわんかん！」

「俺はほあんかんだ！」

　奮闘する三人の頭上に、トリセツが羽ばたいて舞い上がった。

「それではサポートいたしましょう。光魔法、サンフラワー！」

　たいそうな口上だが、要するにくるくる回りながら光を放ち始めただけである。が、まわりが明るくなると、ぐっと蹴ったり踏んだりし易《やす》くなった。キシャ〜！　と叫ぶ凶暴ガメたちが、どんどん踏み潰《つぶ》されて山になってゆく。

「長靴がぐっちょぐちょだあ」

「自分の血じゃないだけマシでしょ！」

　ようやく凶暴ガメの群れを踏みつぶし終えるころには三人とも汗だくで、肩で息をしていた。

「こんなチュートリアル、ありかよ」

　最後の一匹を退治すると、そこらじゅうを埋め尽くしていた凶暴ガメの死骸《しがい》が、薄い煙をあげてぶしゅぶしゅと溶け始めた。地面に吸い込まれるようにして消えてゆく。硬い甲羅の欠片《かけら》の一片さえ残さず消え失《う》せて、あとにはねとねとした粘液と、鼻が曲がりそうな悪臭だけが残った。

保安官は肘《ひじ》を持ち上げて顔の汗を拭《ぬぐ》うと、落ちていた懐中電灯を拾い上げた。ねとねとした凶暴ガメの血と体液にまみれて、ライトが曇ってしまっていた。

「このカメたちは、空龍の落とし子です」

ピピの肩の上に舞い降りてきて、トリセツが言った。

「空龍の身体《からだ》から剝《は》げ落ちたウロコが化したモンスターなのです」

「じゃ、また出てくるかもしれないのね」

「よく注意してください」

「だったらトリセツ、ケチらないで光を出せっての」

というわけで三人は、サーチライト役のトリセツを頭に乗っけた保安官を先頭に、トンネル内部を進んでゆくことになったのだった。

「暑いね」

ピピは鎖骨のあたりまで汗で光っている。ちょっと色っぽいとピノは思う。十二歳にもなると、男はこんなもんだ。

「それにひどい湿気」

「臭《にお》いもな」

それだけ空龍に近づいているのだろうか。後ろを振り返っても、飛び込んできた場所が見えないくらい奥へ進んできたのに、今までのところ、道中では他のモンスターに遭遇していない。三人は足を速めた。

「鑑定課のおっさん、無事かなあ」

「おまえも一応、ＰＣらしい台詞《せりふ》を吐くことがあるんだな」

「オレ、パソコンじゃないけど」

「プレイヤー・キャラという意味だ！」

トンネルがやや上り坂になってきた。足元に目を落としたピピが、驚いて声をあげた。

「あたしの長靴、ピカピカになってる」

いつの間にか、新品同様に戻っているのだ。あんなに凶暴ガメを踏みつぶして、どろどろのでろでろになっていたのに。

「戦士の長靴は奇跡の長靴でもあるんだからな」と、保安官が笑った。「自浄機能がついてたって不思議じゃない。俺のブーツはただの安全靴だから、そうはいかないが」

気の毒に、保安官のブーツはくさいままなのだ。

「保安官、いろいろよく知ってるんですね」ピピは不思議そうだ。

「もしかして、この世界が〈ボッコニアン〉だってことも――」

「知ってるよ」と、あっさり。

ピノは下からえぐるように、保安官の頭の上のトリセツを睨《にら》みつけた。何だよ、もったいつけやがって。保安官レベルでも知ってる歴史的知識なんじゃねえか。

「モルブディア王国・都市連合保安局の昇進試験で出題されるからな」

ついでに言うと、小論文も書かされるそうである。

「でも、学校じゃ教えないでしょ」

「子供のうちは知らなくていいことだ。大人になってからだって、俺たちみたいな仕事に就かない限りは、知る必要はない」

「自分たちが〈できそこないの世界〉に住んでるってことを？」

保安官は渋い低音で笑った。「できそこないだろうが本物だろうが、みんなにとって大切な世界であることに違いはない。俺たちが伝説についての知識を与えられるのは、いざ長靴の戦士が現れたとき慌てずに済むように準備しておくためであって、世界を軽んじるためじゃない」

「ほわんかん、カッコいいぜ」

「ほあんかんだ！」

トンネルの上り坂が急になってきた。また息が切れる。

「空龍というくらいなんだから、いつまでも地底に潜んでいるわけがないか。どうやら、この先から地上に飛び出したらしいぞ」

また戦闘態勢に入る保安官の後ろに隠れて、ピノは呟《つぶや》いた。「そもそも、何のために地底に潜ったのか意味わかんねえ」

ほどなく、三人はトンネルの行き止まりにぶつかった。十数メートル頭上に、またぽっかりと大穴が開いていて青空が見える。

「登るぞ」

幸い、行き止まりの壁は土がいい感じにほぐれているし、日ごろあっちこっち駆け回って登ったり飛び降りたりして遊んでいるピノなんかには楽勝だ。

「あたし、ちょっと自信ない。ついて行くから引っ張り上げてくれる？」

ピピ姉《ねえ》はやっぱ女の子だもんな——と、ピノが気をよくしたそのときだ。三人の頭上の青空を、何か大きな影がさあっとよぎった。

保安官が固まった。ピノピも固まった。

「トリセツ、先に飛び上がってって様子を見てこいよ」

「嫌です」

「精霊より格上なんだろ？」

「わたくしにはわたくしの職分というものがあるのですよ、ピノさん」

「うわ〜、小役人くせえ！　そういうのを縦割り行政の欠陥ていうんだ」

「ぐずぐず言うな、長靴の戦士」と、保安官がピノの背中を押した。「いや、この場合は〈男の子〉と呼ぶべきかな。男なら、弟なら進んで楯《たて》になって姉さんを守れ。行くぞ」

「はい、ほわんかん」

ピノは保安官より身軽だ。長靴の爪先で土壁を蹴って足場を作りながら、三点支持の要領でてきぱきと登っていった。

ピノの手が大穴の縁に届いた。

「上で、ロープとか探してみようか？」

「あれば助かる！」

よっこらしょと、ピノは上半身を引っ張り上げた。牧場の景色が見える。柵《さく》が見える。その向こうにのんびりとたむろしている羊たちの群れが見える。

「あれ？　ここ、じいちゃんばあちゃんの牧場だよ」

戻ってきちゃったんだと、首をよじって下へ呼びかけたとき、ピノの視界が暗くなった。目眩《めまい》じゃないし、気絶しかけたのでもない。何かでっかいものが、太陽の光を遮ったのだ。

おまけに、不穏な風が吹きおろしてくる。おかしな風だ。一定の間隔で吹いたり止《や》んだりする。まるで、まるで――

何かが頭の上で羽ばたいているかのように。

ものすごく気が進まなかったけれど、おそるおそる、ピノは視線を持ち上げた。

ウロコに覆われたぶっとい胴体が見えた。

そこから一対《いっつい》の後ろ脚が生えている。鉤爪《かぎづめ》が宙をつかんでいる。あんなトンネルを穿ったのだから、蛇みたいに細長いんじゃなかったのか？

待て待て、蛇みたいにうねってるパーツもある。尻尾《しっぽ》だ。先端が銛《もり》状になった巨大な尻尾が、宙に浮かんでいる胴体の後ろで、それだけ別の生きものみたいに空中を泳いでいる。

ずうっと目玉を動かしていって、ピノは翼を見つけた。あまりの巨大さに、視界に入りきらないから認識が遅れてしまう。ウロコで重装備した胴体や尻尾に比べて翼は薄くて、陽《ひ》の光がわずかに透けている。コウモリみたいだ。だけどコウモリは翼でホバリングなんてできないよな——

ピノの視線の先に長い首が降りてきて、目と目が合った。

規格外れのサイズの、しかし誰でもひと目で「ドラゴン」だとわかるグラフィック。

全身、ジャングルみたいな緑が基調の迷彩色。

だけど、一対の瞳《ひとみ》は真っ赤だ。

口を開くと、舌も真っ赤だ。真っ白なのは、凶悪に生えそろった牙だけだ。

ピノは問いかけた。「あんた、空龍？」

『ドラゴンハート』のドラゴンは、初登場の第一声で、こう吼《ほ》えた。

——I am the last one!

さて、空龍はいかに？

「ギしゃあああ〜！」

世界を震わせるような声で吼え立てると同時に、その口から劫火《ごうか》が迸《ほとばし》った。

ピノは穴の底へと転げ落ちた。

「意思疎通できませ〜ん！」

ショーン・コネリーが声優やってないからです。

「逃げろ！」

保安官がピピをかばい、転げ落ちたピノを引きずって退却する。空龍が吐いた炎は、穴の底まで駆け下りてきて、逃げる三人の尻を焙《あぶ》った。

「熱い！」

「さっさと焦げちゃうって言って、立って走りなさいよ！」

穴の底はまた真っ暗闇に戻った。空龍が着地して、蓋《ふた》をしてしまったのだ。

そして怒りの雄叫びと共に、地獄の業火《ごうか》のような第二波が押し寄せた。せっかく進んできたトンネルを、三人は命からがら、こけつまろびつ逆走した。

「こげ、こげ、こげ」

「これじゃ、どうしようもないわ！」

煤《すす》で真っ黒けな顔をして、ピピが叫んだ。「穴から出られない！」

「だからって、放っておけばあいつが村中を焼き尽くしちまう」

燻《くすぶ》る肩章を引きちぎって足で踏み消し、保安官は怒りに燃える。

「俺の村を焼こうったって、そうは問屋がおろさねえぞ。やっつけてやる！」

「その意気です。これをクリアしない限り、皆さんは先へ進めませんし」

保安官のちょんまげにつかまって、トリセツはケロリと宣告した。

「さあ、頑張って状況を打開しましょう」

ピノは何とか立ち上がった。焦げ臭い。髪がちりちりだ。くしゃみが飛び出した。鼻毛まで焦げている。

「くそったれ！」

ピノは、母さんから厳しく禁じられている悪態をついた。

「わかったよ、だからボツなんだ！」

「何言ってるの？」

「これだからボツなんだよ！」

ピノはドラゴンが陣取っている方向を指さし、唾《つば》を飛ばして叫んだ。

「難し過ぎるチュートリアルだ！」

ご名答。

第２章
瀕死度激高チュートリアル・2

お話の続きなので唐突にお訊《たず》ねしますが、皆さんも、一度や二度はこんな経験がおありでしょう？

〈チュートリアルで死ぬ〉

シミュレーションＲＰＧ《ロールプレイングゲーム》の雄『ファイアーエムブレム』シリーズでは、四コマ漫画のネタにされているくらいです。作者にとっても、今では良き思い出になりました（遠い目）。

思うに、この現象が起こる原因はざっとこんなところでしょう。

①ゲームが難しい。
②バトルシステムが複雑すぎる。
③説明がわかりにくい。
④操作性が（非常に）悪い。
⑤プレイヤーの腕が（非常に）ヘボい。

こういうゲームは、たいがい、本編まで同じ欠点を引きずってしまうものです。また④と⑤にはまま相関性がありますが、この条件が揃《そろ》った場合、焦《じ》れたプレイヤーが叫ぶ定番の台詞《せりふ》がございます。そう、それは――

「バグってんじゃねえか？」

これで五度目、地上に脱出し損ねて穴の縁から転がり落ちながら、ピノは叫んだ。

「めったなことを言うな！」

「だって、保安官も知ってンだろ？　オレらのこの世界はできそこないなんだよ。バグのひとつやふたつ、あったっておかしかねえよ」

「バグのせいにして諦《あきら》めるなんて、情けないわよ！」

身体《からだ》中煤《じゅうすす》だらけで真っ黒け。髪や衣服があっちこっち焦げてボロボロになり、それでもぎゃあぎゃあ喚《わめ》きあっているピノピとアーチー保安官である。

しかしピノの状態は悲惨だ。髪の毛は焦げてチリチリになり、眉毛《まゆげ》もきれいに燃えて失《な》くなっているので、人相が変わってしまった。

「でも保安官、このまんまじゃ何度繰り返したって結果は同じよ。あたしたち、行き詰まってるのよ」

「オレはとっくに息が詰まってるよ」

何度も熱気を吸い込んだので、ピノは喉《のど》がガラガラになり、声がしゃがれている。

「ちょっと落ち着いて考えてみよう」

保安官は両手を膝頭《ひざがしら》に置いて前屈《まえかが》みになり、ぜいぜい喘《あえ》いでいる。試行錯誤のおかげで、トンネルのここまで引き返せば空龍《エア・ドラゴン》の炎がギリギリ届かないという安全ラインがわかったので、三人はそこでへタばっていた。

「バグとボツとは違うでしょ？　バグなら修正すればいいいんだもの。この世界に来るはずがないわよ」

ピピは煤まみれの顔を手の甲で拭《ぬぐ》った。煤はトンネルの熱気で噴き出した汗に溶けて、墨汁みたいになっている。だからピピの顔には、〈兵士のフェイスペイント〉に似たユニークな縞《しま》がついた。けっこう凜々《りり》しい。

保安官の方も同様だ。もともといかつい顔だから、フェイスペイントの効果は抜群。戦士の長《おさ》に見える。

「バグを直しきれなくって、そのまんまボツになったのかもしれない」

一途《いちず》に後ろ向きなことを言うピノだけは、煤と汗で描かれたペイントが、穴をよじ登って縁から顔を出すたびに空龍の炎で焙《あぶ》られるので乾いてしまい、その上にまた煤が重なるものだから、ほとんど泥んこパック状態だ。

「だが、この状況にも利点はある」と、保安官が言った。「さっきから俺たちがうろちょろしてるから、空龍の奴《やつ》め、ここから離れようとしないじゃないか。村が襲われる心配はないってことだ」

「うろちょろしてるのはオレだよ！　保安官じゃねえよ！」

「そうね。あたしたち、空龍を引きつけてる。段取りとしては間違ってないのよ」

「引きつけてるのはオレだよ！　ピピ姉じゃねえよ！」

安全ラインからさらに一メートルほど下がった場所で、サンフラワー光魔法を行使しつつ懐中電灯のふりをしているトリセツも含め、みんながこの少年の主張を無視した。

「もっと素早く穴をよじ登ればいいんだ」

保安官はきりりと言った。

「空龍が穴の上空を通過したら、さっと飛び出せばいいんだよ。奴はあんな巨体だ。急な方向転換はできないだろう」

「それには、いちいち穴を登ってたら間に合わない」ピピもきりりと意見を返す。「何か足場になるものがあればいいんだよね？」

「引っ返して梯子《はしご》をとってくるか」

「もしもし？」と、ピノはしゃがんだまま二人に声をかけた。「さっき通過した空龍だけど、オレらがここでしゃべってるから、行ったっきり戻ってこないぜ」

「まずいな。ピノ、登って顔を出せ」

「嫌だ！　これ以上のテストプレイは、スーパーマリオクラブに頼んでくれ！」

しょうがないとため息をつき、保安官は穴の出口へと駆け出した。走りながら腰のホルスターから拳銃《けんじゅう》を抜き、頭上にぽっかりとあいた青空に向かって、立て続けにパンパンと発砲した。

銃声を聞きつけて、外で空龍が吼《ほ》えている。ぶわん、と翼が空を切る振動が伝わってきた。保安官は回れ右して駆け戻る。

「伏せて！　炎が」

空龍の黒い影がさあっと横切ったが、今度は炎は襲ってこなかった。そのかわり、何かけっこうなサイズのものがバラバラとトンネル内部に落ちてきた。

「うわぁ～！」

またカミツキガメだ。カメの雨である。甲羅のなかに手足を引っ込めて続々と落ちてくると、キシャきしゃ鳴きながら三人に迫ってくる。

「くそ、奴め、攻撃されるとウロコを落とすんだな」

「そういえばあたしたち、まともに空龍を攻撃したのって初めてじゃないですか？」

「しゃべってねえで踏んづけろ！」

三人がかりでひっくり返しては踏んづけて蹴《け》り飛ばすと、穴の出口の下には見る見るうちにカミツキガメの死骸《しがい》が積み上がった。縁まで届きそうな高さである。

「あれ？　ちょっと待って」

ピピが叫んだそのとき、ピノは降ってきた最後の一匹のカミツキガメを蹴っ飛ばしたところだった。山になったカミツキガメの死骸は、さっきと同じようにぶしゅぶしゅと煙をあげ異臭を放って溶けてゆく。

「もう、駄目じゃない！」

いきなりピピに頭を張られた。衝撃で、ピノのアフロの髪が、灰になってパッと散った。

「何すンだよ！」

「わかったのよ！　あのカメを使えばいいんだよ！」

フェイスペイントの顔に目を爛々《らんらん》と輝かせて、ピピは戦士の舞いを舞う。

「空龍を攻撃して、ウロコをたくさん落とさせるの。ウロコがカメに変わって襲ってきたら、踏んづけて穴の下に積み上げるの。そしたら足場ができるでしょ？」

なるほど！　と保安官が唸《うな》った。「それには、最後の一匹だけは殺しちゃいかんな」

「そう、全滅させちゃダメ。それだと消えちゃうから、何が何でも一匹だけ残すのよ」

ピノを抜きに、即行で作戦はまとまり、保安官はまた穴の下に駆けていって頭上に銃口を向けた。

「二人とも、用意はいいな？」

「いつでもＯＫ！」

ピノは何をしていたかというと、ピピに叩《はた》かれて、髪が灰になって消えてしまった部分を指でぐるぐるなぞっていた。けっこうでっかい。立派なハゲだ。

「こんなの嫌だぁ〜！」

切実な叫びにかぶって、銃声が立て続けに轟《とどろ》いた。保安官が逃げてくる。

空龍の怒りの叫びと共に、カミツキガメの雨が降ってきた。

「よし、やるぞ！」

百匹や二百匹じゃきかない数だから、最初は何も考えずにやっつければよろしい。ひたすら蹴って、積み上げればいいのだ。異臭のなかにどっぷり居続けで、みんな鼻がバカになっているから、臭いのももう気にならない。

「待って待って！　そろそろ待って！」

動いているカメは、あと三匹？

「保安官、それ蹴って！　壁を登ってる！」

ピピは叫びながら、自分の足元に来たのも蹴っ飛ばした。そのカメはぶんと飛んでまだ健在のカメにぶつかり、そっちも伸びてしまった。

動いているカメがいなくなっちゃった？

しかし、穴の出口の下に積み上げたカミツキガメの死骸の山はそのままだ。

「一匹残ってるのね。どこ？」

ピノはへっぴり腰になっていた。「オレのケツに噛《か》みついてる」

そう、ピノのズボンからぶら下がっている。幸い、まだお尻の肉まで噛んではいない。

「いいぞ、そのままぶら下げとけ！」

「叩き落としちゃダメよ！」

そんなこと言ったって、カメは鋭い牙《きば》と丈夫な顎《あご》で、あぐあぐ噛み進んでくるのだ。

「こんな人生、嫌だぁ！」

ピノは両手両足を駆使して、カミツキガメの山を登り始めた。空龍の大きな影が頭上をさっと通過した。

「いいぞ、そのまま登って飛び出せ！」

「カメの山にまぎれて、空龍からはピノの姿が見えないのよ。今がチャンスよ！」

長靴ばかりか、両手もお腹《なか》もカメのどろどろの血でべとべとだ。顔にも撥《は》ねかかってくる。それでもピノは必死に登った。急いで、うまくバランスをとらないと、恨めしげに白目を剝《む》いているカミツキガメたちの山が崩れてしまう。

ピノの汚れた手が、穴の縁に届いた。最初は右手、ついで左手。身体を引っ張り上げて、ついに陽《ひ》の光の下に転がり出た。

「やった！」

くるりと転がって膝をついて起き上がる。空龍はこちらに尻尾《しっぽ》を向けて飛んでいて、まだ気づかない。

「保安官、ピピ姉！　早く登れ！」

その声に、空龍の翼が反応した。大きく羽ばたいて旋回しようとしている。ピノは素早く立ち上がった。

「フン、図体がでかいと小回りがきかねえよな。ざまあみろ！」

牧草地の彼方《かなた》に見える、じいちゃんばあちゃんの家は無事だ。納屋や厩舎《きゅうしゃ》は木造だけど、家はレンガ造りだから、空龍の炎にも耐えられるだろう。よし、あそこを砦《とりで》に逆襲だ！　と、威勢よく走り出したとき。

空龍の長い首が空をうねって一八〇度後ろを向き、真っ赤な眼《まなこ》がピノに焦点を合わせた。

ホースで水まきをしているとき、その場を動かなくても、ホースの向きを変えれば、水をまく方向を変えることができる。

ピノはそれを忘れていました。

「しゃげえええええ〜！」

と、空龍は火を吐いた。

劫火《ごうか》が中空を走って追ってくる。ピノは一目散に逃げた。ズボンの尻にぶら下がったカミツキガメが、ズボンの一部と一緒にべりんととれて、炎の先端に巻き込まれ、あっという間に焼失した。

「うっそぉ～！」

ちりぢりになって空龍から逃げまどう羊たちが、ピノと一緒に悲鳴をあげた。

走って走って、ひたすら突っ走る。空龍は旋回しきって、今度こそ真っ直《ま す》ぐ狙《ねら》いを定めて火を吐こうと、上空で息を吸い込む。その吸引力に、牧場のそこここにある灌木《かんぼく》の繁《しげ》みが、根こそぎ引っこ抜かれそうだ。

じいちゃんばあちゃんの家のドア。あと二メートル。だけど間に合わない。

ピノは開いている窓から家のなかに飛び込んだ。頭からのダイビングだ。着地したのはリビングで、もんどりうってテーブルの下に転がり込み、とっさにそのテーブルを倒して天板《てんいた》を楯《たて》にした。

空龍の吐いた炎の舌が窓からごうっと流れ込んできて、天板を舐《な》めた。カーテンが翻《ひるがえ》って燃え上が――

らなかった。

寒いというか冷たいというか、しかもまわりじゅうつるつるだ。「世界一不運な不死身の男」マクレーン刑事でもないピノが、生まれて初めてダイ・ハードなアクションをしても怪我《け が》ひとつしなかったのは、この〈つるつる〉のおかげだった。

家のなか、すべてが凍りついている。

「うへぇ」

じいちゃんばあちゃんが凍っているのに気がついて、ピノピがあわてて外へ出てからも、双極の双子のエネルギー反発作用による急速冷凍は進んでいたのだ。だからカーテンもかちんこちん、テーブルの天板も凍りついていて、空龍の炎に焙られ、ようやく溶け始めている。

いいぞ、氷の砦だ！　ピノは勇んで立ち上がり、滑ったりのめったりしながら窓を閉め始めた。固く凍りついていた扉も、溶け始めているのでぎしぎし動く。

空龍の巨大な影が家の上を飛び越えて去った。窓越しに、穴を脱出してこっちへ駆けてくるピピと保安官が見える。

「早く早く、こっちへ来い！」

ドアを蹴っ飛ばして開けて、ピノは叫んだ。ごおっと空気が震えて、空龍の炎が家の裏手を舐めている。ぱきぱきキリキリと音がするのは、凍りついた外壁が溶け始めているからだろう。

どすんと、家が揺れた。

「ピノ！」

急ブレーキをかけて止まり、手振り付きでピピが叫んだ。

「空龍が屋根の上にいる！」

じいちゃんばあちゃんのこの家の屋根に着地しやがったのだ。そしてそこから火を吐き下ろした。

「危ない！」

保安官がピピの手をひっぱり、横っ飛びに飛んで炎を避けた。これでは二人は家に近づくことさえできない。

「くそ、どうすりゃいいんだよ！」

声に出して言う必要はないのだが、ピノは大きな声で言った。

すると、誰かがそれに応《こた》えた。

返事をしたわけじゃない。ピノの台詞に答えたのではない。ただ、誰かが何か言ったのだ。この家のなかに、ほかに誰かいる。

「わったし〜は〜♪」

しかも、なぜか歌っている。

「科学者ぁ〜♪」

「バッカも〜ん！」

ピノは家のなかのどこかの誰かに向かって怒鳴った。

「それ以上歌うな！　著作権使用料が発生する！」

　家のなかのどこかで、誰かが声を上げた。と、その声の調子が急におかしくなった。

「え？」

「あ、まずいまずい」

　途端に家が鳴動したかと思うと、空龍の巨体が屋根の上から転がり落ちてきた。横倒しになって、無様に足を持ち上げ、黄疸《おうだん》にかかった人の白目みたいな色の腹を剝き出しにしている。

　ピノは窓に飛びついた。空龍のでっかい頭が、すぐ外にある。赤い眼がぐるぐる回っていた。翼をばたつかせ、短い前脚でせっかちに空を搔《か》いている。

「な、何だよ急に？」

　呆気《あっけ》にとられて見つめるピノは、ようやく間近に見た空龍に、意外な発見をした。長い首に、等間隔で継ぎ目がついている。よくよく検分すれば、迷彩色にまぎれているけれど、胴体にも翼にも継《つ》ぎ接《は》ぎがある。

「こりゃいかん！」

　大きな声がして、誰かがどたばたと階段を駆け下りてきた。ピノにはまったく無関心で、そのまま窓際まで走ってくる。

　きちんと上までボタンを留めた白いシャツに、灰色のズボン。黒い革靴を履いている。左手で小さな金属製の箱をわしづかみにして、右手でその箱についたダイヤルを回したりボタンを押したり忙しい。金属製の箱の方も、赤や緑のライトを点滅させたり、扇形に窓が開いたインジケーターの針をぶんぶん振ったりして忙しい。

「おい、こら、しっかりしろ！」

その人物は金属製の小箱を操作しながら、窓の外の空龍を叱咤《しった》した。だが、空龍は目玉をぐるぐるさせるばっかりである。

「アカンか。遠隔操作は駄目だ。いざというとき、あてにならんな」

目玉ぐるぐる空龍は、叱《しか》られても反応しない。

「やっぱり、ワシが搭乗すべきだったなあ」

残念そうにため息をついて、その人物は金属製の箱の脇《わき》っ腹《ぱら》のスイッチをぱちりと押した。きゅうっという音がした。箱からではない。窓の外の空龍からだ。

〈キノウヲテイシイタシマシタ〉

ATMみたいに丁寧な言葉遣いで、電子音声が言った。同時に、空龍の目玉の動きが止まった。

かくん、と音がした。今の今まで開けっ放しになっていたピノの口が閉じた音である。

ピノはその人物に指を突きつけた。

「あんた」

その人物は後生大事に金属製の箱を持ったまま、ピノの方に向き直った。

その人物は、リズムをつけて身体を揺さぶり始めた。

「わったし～は～♪　科学者ぁ～♪」

だから歌うなというのに！

「鑑定課のおっさんじゃねえか！」

「うん」

おっさんは素直にうなずいた。

「つまり、ワシが〈門番〉だというわけだ」

長靴の鑑定課員が〈門番〉を兼任する。

「まあ……効率的といやあ効率的だ」

ちょんまげを指で梳《す》いてきれいに整えながら、保安官が呟《つぶや》いた。

「そうしておけば、長靴の戦士が現れたらすぐチュートリアルを始められる」

じいちゃんばあちゃんのリビングは、一旦つるつるに凍りついたのが空龍の炎で溶けかけて、そこにまたピノピが揃ったものだから再度凍り始め、あっちこっち氷柱《つらら》だらけになっている。

「あの空龍が作り物だったなんて……」

ピピは窓辺に張りついて、まだ驚きに目をしばたたかせている。窓の外にはひっくり返って腹を見せたまんまの空龍。羊たちがたかって臭《にお》いを嗅《か》いでいる。

「本物に見えたのになあ。どうして急に壊れちゃったの？」

「壊れちゃおらん」

鑑定課のおっさんは、マジで心外な顔をしている。

「コントローラーの方がいかれただけだ。接続端子に埃《ほこり》が詰まったらしい」

「ちゃんと手入れしておかないからよ。綿棒で掃除するといいんだって。でも水に濡《ぬ》らしたり、溶剤みたいなものを使っちゃ駄目よ」

ロムカセットの中古ゲームを買ってきて、起動しない場合はそうやって掃除します。

「なにしろ、十年も前に作ったもんだからな。使ったのは今日が初めてだし」

座れそうな場所がないので立ったまま、それでものんびりと語らっている三人である。

ピノはそんな気になれない。

「それよりオレ、根本的な疑問を感じてるんだ――」

皆まで言うなという感じで、鑑定課のおっさんが制した。「鑑定課も門番も、ワシの一族の家業じゃ。代々、受け継いでおる」

ピノの疑問はそれではなかった。

「オレとピピ姉が揃っただけで、じいちゃんばあちゃんもこの家も大変なことになったのに、なんで保安官とおっさんは平気なの？」

凍っていないし燃えていないし、何かが逆回りになってもいない。

「ああ、それなら」と、保安官は胸元から銀のチェーンを引っ張り出した。

「こいつのおかげだ。双極の双子のエネルギーを中和してくれる」

鈍い銀色に光る、親指の爪《つめ》ほどのサイズの四角いペンダントヘッドである。保安官の認識票《ドッグ・タグ》と一緒にぶら下がっている。

「そんな便利なもんがあるんなら、何で一般市民にも配らないんだよ！」

「こいつは都市連合保安局特製だ。稀少《きしょう》金属を使ってるから、めちゃめちゃ高いんだ。

無料配布なんかできるか」

そう言って、保安官はズボンの尻ポケットに手を突っ込んだ。

「で、これがおまえらの分だ」

ピノとピピに、ひとつずつ投げてくれた。

「チェーンは自分で好きなのを選べ。革紐《かわひも》に付けてもお洒落《しゃれ》だぞ」

のぺっと平らで、何の絵柄も彫刻もついていないペンダントヘッドだ——と思ったが、裏返したら小さなポッチがついていた。赤ん坊の親指の爪ぐらいのサイズのポッチだ。触っても動かない。回るわけでも凹《へこ》むわけでもない。

「これで、行く先々で周囲に迷惑をかけることもなくなる。本当は、おまえらがこのチュートリアルを立派にクリアしてからじゃないと渡せなかったんだが」

「立派にクリアしたじゃんか」

「空龍が勝手に壊れただけだろう」

「壊れちゃおらん！」

憤然とする鑑定課のおっさんを、ピピはしげしげと見た。

「おじさんも、このペンダントを着けてるの？　普通の人間じゃないからの」

「ワシには、そんなもんは要《い》らん。」

聞き捨てならないひと言に、ピノも食い入るようにおっさんを見つめた。

「じゃ……もしかして、おっさんは本物の世界から来たのか？」

だから、普段は村のなかで見かけたことがなかったのかもしれない。さらに問い詰めようとするピノなのに、

「普通の人間じゃないなら、何なの？」

ピピはいたってのんびりと問う。

「だからワシは」

おっさんが息を吸い込んだので、ピノは両手を上げて制止した。「わかった。わかったから歌うな」

「科学者なのよね。おじさん、これからどうするの？」

何気ない問いかけに、しかしおっさんの目は輝き、喜色満面の表情になった。

「ワシはいろいろと発明する」

この世界は広いからなあ、やりがいがある——と言った。普通に聞いたら好《い》い台詞のはずだけど、ピノは嫌ぁな予感にとらわれた。

「あんたもお役御免で、やっと自由の身だからな」と、保安官がおっさんに言った。

「残りの人生は、せいぜい好きなことをやって楽しんでくれ」

いいのか、そんなこと言っちゃって。

「保安官、あたしたちはこれからどうすればいいの？　とりあえずチュートリアルは終

わったけど、まだ何にも覚えてないよ」

カメの蹴り方は覚えました。

「王都へ行くんだ。王様に挨拶《あいさつ》せんとな」

王都では〈長靴の戦士〉を大歓迎してくれて、宝物庫を開け、伝説の長靴の戦士専用の装備をプレゼントしてくれるという。

「とは言っても、そんなにあわてることはない。出発する前に、ピピはセリムとカリンに会いたいだろ？　感動の家族再会シーンだ。パトカーで送ってやろう」

「ありがとう、ほわんかん」

「ほあんかんだ！」

ピピが窓の外に視線を投げ、キャッと叫んで飛び上がった。

「わあ、大変！」

すわ、空龍が起き上がったのかと、ピノは身構えた。でも、おっさんのコントローラーはテーブルの上に放り出してあるぞ。

「おじさん、空龍の首がとれちゃってる！」

ホントだ。がらんどうの首の中身が丸見えになっている。羊たちはさらに群がって舐めまくっている。そろそろ翼もとれそうだ。

「接着剤が剝《は》がれたか」と、おっさんは眉根を寄せて呟いた。「本体を軽量化するには、これがいちばん手っ取り早いんじゃが」

「次は、せめてハンダ付けしたらどうだ？」

それには、材質から変更しないと無理だろう。羊たちはとれた翼をもしゃもしゃ食べ始めている。

羊たちの会食。もとい、羊たちは雑食。

「あの空龍、何で出来てるの？」

「魚の皮です」

丸っこい羊たちの背中の山のあいだから、トリセツの声がした。

「焙ってあるので香ばしいです」

おまえも食っとるのか！

「いくら今回は出番が少なかったからって、そんなものを食べなくっても」

好奇心は大切ですと、トリセツは言った。

「背中と翼はＯＫですが、お腹の側は腐り始めていますね。だからあんなに臭かったのです。もう少し改良が必要ですね、ルイセンコさん」

「ルイセンコ？」

「うん、ワシの名前」

どっかで聞いたことがあるような、科学者らしい名前だった。

第2章でわかった主な事柄
①カメの蹴飛ばし方。
②フネ村の保安官と、鑑定課の職員で門番で科学者のおっさんの名前。
③空龍（初号機）の材質。
④コントローラー等の端子はまめに掃除するべきだということ。
⑤スーパーマリオクラブは、本作にはまったく関係していないということ。
⑥もしかすると「小説すばる」編集長は、ＪＡＳＲＡＣに著作権使用料を払わなくてはいけないかもしれないということ。
⑦作者の手元には、チュートリアルや序章をプレイしただけで、あとはほったらかしのゲームがたくさんあるということ。
以上、作者の覚え書きでした。フラグが立ちましたので、編集長も作者もクビにならなければ、次章は王都に向かって出発できると思います。

第3章
王都の秘密

はらはらと花が散る。

ピノの生まれ育った家の庭は、カリン母さんが心を込めて世話しているので、実に美しい。季節ごとにさまざまな花が咲き、春には新芽が萌《も》え、夏にはたわわに果実が実り、秋には紅葉に彩られ、冬には忍耐強い針葉樹の木々の枝に雪が降り積もる。

ピピはリビングの窓際にちょこんと座って頬杖《ほおづえ》をつき、そんな庭の景色を眺めている。

申し遅れましたが今は春なので、散っているのはチェリーブロッサム――桜の花です。

「……ほう」

思わずため息がもれる。幸せの吐息だ。

生き別れになっていた弟と両親と再会できて、自分が生まれたころのエピソードもいくつか聞くことができたし、写真も見せてもらった。寄ると触ると己のアイデンティティを問いたがるようになるこの年頃の子供にとっては、これは非常に大切な心の栄養である。

が、ちょびっと問題がないでもない。これまでピピを育《はぐく》んでくれた祖父母の愛情に上乗せして、再会の日を心待ちにしてくれていた両親の愛情がプラスされ、

――あたし、立ち泳ぎが上手でよかった。

さもないと愛情で溺《おぼ》れ死ぬところである。

となると、立ち泳ぎがてんで下手《へた》な弟のピノの現状が気になるところだが、こちらはこちらで無事だった。万事においてピピより要領が悪いというか、タイミングが悪いというか、何かとひと言多いタイプのこの少年は、カリン母さんと母さんにとっては舅《しゅうと》と姑《しゅうとめ》にあたるじいちゃんばあちゃんとのあいだに発生する衝突に高確率で巻き込まれるので、そのたんびに愛情は引き潮。ふと気がつくと、潮干狩りができそうな遠浅に取り残されているからである。

今も、また。

「カリンさん、何でこんなとこにナンジャモーギャの苗を植えておくんですよ！　ナンジャモーギャはやたら増えるんだから、まわりのヒメスイセンが駄目になっちゃうよ！」

「ですからお義母《かあ》さん、何度も説明してるでしょ？　それは苗床なんですよ。週末には植え替えるんです！」

「母さんもばあちゃんも落ち着いてよ」

ピピはまた「はあ」とため息をついた。今度はちょっと哀愁の混じった吐息である。風もないのにはらはらと花が散るのは、いがみ合う二人の主婦の波動エネルギーが庭の空気を震わせているからなのだった。

「もう、やってらんねえよ」

ぶつくさ言う声に、ピピは頬杖をはずして振り向いた。ピノが頭を掻《か》きながらリビングに入ってきたのだ。戦士の長靴ではなく、庭仕事用の作業靴を履いている。

「何であんなにしょっちゅうケンカすんのかな?」

「幸せだからよ」

呟《つぶや》いて、ピピは微笑した。ピノの髪にも、舞い散った花びらがひとひらくっついている。

——そろそろ、いいかな。

前章、次は王都を目指すというフラグが立ったはずなのに、何でピノピがこんなにのんびりと自宅で過ごしているかといえば、空龍《エア・ドラゴン》の炎に焼かれてほとんど失《な》くなってしまったピノの髪が生《は》え揃《そろ》うのを待っていたのだ。せっかく王都では〈長靴の戦士〉として大歓迎してもらえるというのに、まだらハゲでは可哀相《かわいそう》ではないか。

「一発、お灸《きゅう》を据えちゃおうか」

ピノがシャツの襟元を探って、あのペンダントヘッドを取り出した。保安官のお薦めに従い、ピノは青、ピピは赤い革紐《かわひも》に付けて、それぞれ首からぶら下げているのだ。

「やめなさいよ」

ピピの言葉を無視して、ピノは舌なめずりしながら、ペンダントヘッドのポッチをいじろうとしている。

「やめなさいってば」

二度目の制止と同時に、ピピは素早く一撃を繰り出した。

パン！　ピノの足元に火柱が立ち、ひと筋の煙が生じた。ピノは大げさに飛《と》び退《の》いて、尻餅《しりもち》をついた。

「何だよ！」

「姉さんの言うことを聞かないからよ」

「きったねえ～」

拳《こぶし》を固めて怒るピノを、ピピはふふんと鼻先で笑った。リビングの敷物の、いちばん色目の濃い部分を狙《ねら》ったので、焦げたところも目立たないだろう。もしカリン母さんに気づかれても、セリム父さんがまたタバコの焼け焦げをこしらえたのだと思うくらいだろう。

「悔しかったら、ピノも早撃ちの腕を磨くことね」

ピノピは、ただピノの髪の毛が生えるのを待ってぐうたらしていたわけではない。保安官がくれたペンダントヘッドのポッチ＝スイッチを使うことで、自分たちの力をある程度コントロールできることに気づいたもんだから、熱心に修練を重ねていたのだ。

双極の双子の力は、魔法石が秘めている力と同じである。魔法力の源泉だ。しかもピノピの場合、二人揃うと威力が倍増するのだが、暴走の危険も高くなるというか、今までのところはほぼ百パーセント暴走しまくってきた。

件《くだん》のペンダントのスイッチは、ピノピの力のどちらか——つまり〈正〉か〈負〉のどちらかをオフにすることにより、残った方の力をコントロールし易《やす》くしてくれる。ピノとピピが、それぞれ「こんなことをしたい」と意図すると、力がそれに従ってくれるようになるのだ。

とはいえ、これもまだ完全に習得された技ではない。まずスイッチを押すために精神統一が必要だ。〈念〉を入れないと動かないようになっている。だから最初のうちは、触ってもうんともすんともいわなかったのだし、何かと気が散りやすい性格のピノは、今もけっこう失敗する。ピピの方がピノよりも正確に力を使うことができるが、そのピピだって三回に一回は狙いを外したり、まるで意図しない現象が起きてしまったり、何も起こらなかったりするというぐらいのレベルだ。

「ピノ、そろそろ出発しようよ」

うっすら漂う焦げ臭い空気を追い出すために窓を大きく開けて、ピピは言った。

「お天気もいいし、今日は旅立ち日和《びより》だよ。王都へ行こう」

ピノはテーブルにお尻を乗せて、足をぶらぶらさせている。

「けど、学校はどうすンの」

家にいるあいだ、ピノピは揃って学校に通っていた。転校生のピピは一躍人気者になってしまい、友達が大勢できた。

「心配しなくても、ロンブがノートをとっといてくれるって言ってたじゃない」

「でもさ……」

ピノは何か歯切れが悪い。

「ピノ、村のみんなと別れるのが寂しい？」

さすがは姉さん、端的な指摘だ。

「ちょっとね」

「でも、長靴の戦士は旅に出なくちゃ」

「できそこないの世界を修理するために？」

言って、ピノは肩をすくめた。

「オレさ、根本的に疑問なんだけど」

この世界のどこが〈できそこない〉なんだ？

「あんた、最初っからそう言ってたもんね」

「ピピ姉だって」

確かにそうだ。二人とも、この世界でけっこうハッピーに育ってきたのだから。

「カンペキな世界なんか、どこにもねえよ。そんなのがあるって思う方が——ていうか、そんな考え方の方が嘘《うそ》くせえって」

あたしの弟は健全だと、ピピは思う。それでも一応、反論してみた。

「それなら、どうして長靴の戦士は現れるの？　神様はなぜ、この世界に長靴をお与えになるんだろう」

「ヒマなんじゃねえの」

口を尖《とが》らせて言い捨てて、ピノはぴょんとテーブルから飛び降りると、窓辺に寄って来てピピと並んだ。

「あたしもね、この世界に文句はない」

「だろ？　だったらいいじゃんか」

「でも、本物の世界のことを知りたい。あたしたちの世界とどう違うのか、何が違うのか、なぜ違うのか知りたいの。ピノはどう？」

ピノは窓に背を向けて、ポケットに両手を突っ込んだ。何となくうなだれて、物思いにふける少年という風情《ふぜい》になる。

「……オレはさあ」

「ピノ！」と、ピピが鋭く叫んだ。「長靴と荷物をとってこよう」

その緊迫した口調に、ピノはつと目を上げて姉さんを見た。ピピはじりじりと窓辺から後ずさりしていた。

「どしたの？」

「あんたのせいよ」ピピは押し殺した声で、早口に言った。「やめなさいって言ったのに、魔法の練習のとき、しょっちゅう的にしてたでしょ。だから」

怒ってるのよ！と叫んで、ピピは一散に逃げ出した。

取り残されたピノは見た。村の小道をのどかにぽくぽくと行くはずの赤い郵便馬車が、土埃《つちぼこり》をあげてこの窓に突進してくる。御者台《ぎょしゃだい》の郵便屋さんは、半分振り落とされそうになっている。

「あら、あら、あらあら！　おいクーパー落ち着け、落ち着いてくれよう！」

クーパーというのは郵便馬車を引く馬の名前である。あの空龍さながらに怒り狂って、鼻息も荒い。そりゃそうだろう、ここを通るたびにピノの魔法で鼻の頭や耳の先や尻尾《しっぽ》の端っこを焦げ焦げにされてきたのだ。いつかは逆襲してやろうと、クーパーが密《ひそ》かに決意していたとしても不思議はない。

——くそガキめ、今日という今日は許さん！

ちなみに、クーパーは今朝《けさ》、蹄鉄《ていてつ》を打ち直してもらったばっかりです。強力です。

「うわ～！　ごめんごめんごめん！」

　というわけで、ピノピの王都への出発は、ひどく唐突なものになったのだった。

「とりあえず、昼飯だけはゲットできてよかった」

　クーパー大暴れの後始末のお願いも兼ねて、保安官事務所にだけは挨拶《あいさつ》に立ち寄った二人に、アーチー保安官がお弁当と水筒を持たせてくれたのだ。

「ま、気をつけて行ってこい」

　二人を遠足にでも送り出すみたいに、気楽な見送りだった。

　背中にリュックサック、戦士の長靴を履き、麦わら帽子をかぶって、ピノピはフネ村を後にした。村を囲む森を抜ける小道を通って、王都へ通じる街道まで、まずはとぼとぼと歩き始める。抜けるような青空の下、木漏れ日が美しく、鳴き交わす鳥たちの声がにぎやかだ。

「ピピ姉は王都に行ったことがあんの？」

「ないよ。でもおじいちゃんは何度か行ったことがある。お土産《みやげ》を買ってきてくれた」

　羊毛の売買には専門の仲買人がいるのだけれど、任せっきりにしているといろいろ問題が起こるし、市場の動向は自分の目で確かめないといかんというのがじいちゃんの方針なのだった。

「どんなお土産だった？」

「とってもきれいな缶に入ったクッキー」

ぢるっと舌なめずりしたピノだ。

「でも味は大したことなかった。おばあちゃんのお手製の方が美味《おい》しいよ」

フネ村の人びとも、他の村はもちろん、仕事や商売で王都と行き来するので、十日に一度、馬車の定期便が出ている。今日はその日ではない。またこの森は入会地《いりあいち》で、勝手に〈狩りもの〉をしてはいけない。

「静かだねえ。誰もいないや」

ということになる。

「だからって、ぼんやりしてちゃ駄目よ。保安官が言ってたでしょ？」

――封印が解けたせいだろうが、野山の獣たちの気が立ってるし、おかしなモンスターの目撃情報もある。用心しろよ。

「封印が解けるとモンスターが現れるってことは、モンスターたちは本物の世界から来るのかな？」

「だったらオレ、なおさら本物の世界には縁がなくっていいや」

てなことを言いながらぽくぽく歩いていると、足元の地面から、何やら剣呑《けんのん》な振動が伝わってきた。

「地震かな？」

ピノピは足を止めた。とってつけたような名称のモルブディア王国には火山帯が多いので、温泉が涌《わ》くし、たまには地震も起こる。

「何か、聞こえない？」

ピピの言葉に、ピノも耳を澄ませた。動きを止めて警戒モードに入った二人を取り囲む森の木立から、鳥たちが一斉に飛び立った。

嫌でも緊張が高まる――

「がっしょん、がっしょん、がっしょん」

明らかな〈異音〉が、ピノの鼓膜に響いてきた。何だ、これ。

周囲を見回しながら、ピピが言った。「草刈り機の音？」

フネ村の農家も魔法石による電化は進んでいるけれど、肝心の機械《マシーン》の方は値段が高いし、メンテナンスに手間がかかるので、あんまり広く普及していない。どこでも見かけるのは脱穀機と草刈り機ぐらいだ。

「草刈り機は、こんな派手な音はたてないよ。それに揺れたりしないし」

面妖《めんよう》な物音と地面の振動は、どうやらシンクロしているらしいのだ。がっしょん！

一回につき、地面も一回振動する。

「ピピ姉、あれ見える？」

ピノは二人の後ろ、四時の方角を指さした。そこだけ森の木立が左右に揺れているというか、掻き分けられている。しかもその動きが移動してゆく。ピノピからは遠ざかってゆく方向だ。

「でっかい陽炎《かげろう》みたいなのが、森のなかを歩いてるだろ」

森のてっぺんから飛び出した部分が、宙にうっすらと、輪郭が見えるような見えないような歯がゆい感じだ。

「目を細めてみるといいかも」

あ、ホントだとピピも声をあげた。

「何だろ、あれ。巨人？」

確かに、人間の輪郭のように見えなくもない。でも、それにしては頭部がデカ過ぎる。

と、もうひとつ「がっしょん！」と音がして振動が来て、その面妖な陽炎の移動が停《と》まった。ピノピはビクッとして寄り添った。

「ういいいいいいん」

何かがほどけるような音がしたかと思うと、うっすらと歯がゆかった輪郭が濃くなって、陽炎に色と質感が付き、巨大な球体へと変わっていった。鈍い銀色に光る金属板を継《つ》ぎ接《は》ぎして作られた球体で、四方にひとつずつ、舷窓《げんそう》のような丸窓がついている。

「ういん、ういん、ういん！」

球体が回転した。ひとつ「ういん！」と鳴るごとに九〇度回っては休み、また九〇度回るのだ。スムーズに一回転することはできないらしい。

「ういん！」

四回目の九〇度回転が終わったかと思うと、今度は天辺《てっぺん》の丸蓋《まるぶた》がぱっかんと開いた。そこにハッチがあることは、ピノピの位置からでは見てとることができず、まったく予想外だったので、二人とも飛び上がりそうなほど驚いた。さらにそのハッチから、どっかで見た覚えのある人物の後ろ姿——正確に言うなら上半身の後ろ姿が現れたので、

「ピピ姉、こっち！」

ピノはピピの手を引っ張り、手近な藪《やぶ》のなかに飛び込んだ。

「な、何で隠れるの？」

「関わンない方がいい気がする」

「だって、あの人」

球体のハッチから現れたのは、〈門番〉のルイセンコのおっさんだったのだ。両手をあげて伸びをして、こんこん腰を叩《たた》いている。こっちには半分背中を向けているので、ピノピには気づいていないようである。

飛び去っていた鳥たちが、この球体に危険を感じなくなったのか、戻ってきた。大胆にも球体にとまろうとして足が滑って、あわてて羽ばたくヤツもいる。

「ちゃんと挨拶しようよ」

藪から出ようとするピピに、ピノは頑強に抵抗した。視線は銀色の球体に据えたままだ。

「あのおっさん、これからどうするかって聞いたら、いろいろと発明するとか言ってた」

私は科学者なのだと。これまた正確に言うなら、しゃべったのではなく歌ったのだが。

「あのでっかいロボットも、おっさんの発明品なんだよ、きっと」

「ロボット？　ただの大きな球じゃない」

「ただの球があんなふうに浮いてるわけねえだろ。脚がついてるんだよ」

三本脚だ。木立の隙間《すきま》から覗《のぞ》いている。ピノの胴回りぐらいの太さで、こちらは金属板の継ぎ接ぎではなく、銀色の蛇腹みたいな感じだった。人間でいえば膝《ひざ》と足首にあたる部分に丸い輪っかがついており、それよりひとまわり大きな輪っかを、靴のように履いていた。これが交互に地面を踏みしめるたびに、音と振動がしていたのだ。

「空龍は、自分が搭乗できなかったから失敗したって言ってたからな……」

今度は搭乗タイプのロボットを開発したわけだ。

「凄《すご》い科学者なんだね、ルイセンコさん。あ、じゃないや、ルイセンコ博士だっけ」

チュートリアル後の別れ際の、

――ワシのことは、できれば〈博士〉と呼んでくれ。あらん限りの畏敬《いけい》の念を込めてな。

なんて謙虚にゴーマンなおっさんの台詞《せりふ》を、ピピは律儀に思い出したらしい。そういえば操縦席のおっさん、今日は白衣を着ているぞ。

休憩時間が終わったのか、ルイセンコ博士は球体のなかに姿を消し、ハッチが閉まった。「ういいいいいいん」

空気を震わせる音がして、球体ロボットが天辺から透け始めた。ほぼ完全に透明化して、青空や森の木立のなかにまぎれてゆく。

「――光学迷彩？」

ピノが呟いたとき、音が変わった。

「ヴィンン、ぷ」

何か切れたらしい。

球体ロボットの透明化は失敗した。しかも今度は、全身どピンクに変わっていた。

「の、できそこないだ」と、ピノも律儀に訂正した。その台詞にかぶって、球体のなかでルイセンコのおっさんがどかばか暴れているらしい騒音が聞こえてきた。操作パネルに八つ当たりしているのか、それともスイッチを叩いて直そうとしているのか。

「ぷ、ぷ、ういん！」

一瞬で透明化が完了し、呆《あき》れて見守るピノピの前から、三本脚球体ロボットと操縦者のおっさんは、がっしょんがっしょんと遠ざかっていく。

「もしかして、保安官が言ってた〈おかしなモンスターの目撃情報〉って」

「あれのことだな」

ピノピは藪から出て、髪や服にくっついた葉っぱや小枝を払い落とした。

「とにかく、変なおっさんだよ。もう〈門番〉じゃないんだし、オレらは関わらない方がいいって」

しかしピピは、ひどく真剣な眼差《まなざ》しで、おっさんとロボットが消えた方向を見つめている。まだ木立が揺れている。

「どしたの？」

「あたしね、ずっと考えてたの。あの空龍、よく出来てたよね」

「魚の皮を貼って作った割にはな」

「でしょ？　だから不思議なのよ」

ピピはくるりと振り返り、大きな瞳《ひとみ》でピノに迫ってきた。

「あれは作り物だったんでしょ？　だったら、カミツキガメの群れはどこから来たの？」

「は？」

「トリセツは、空龍の身体《からだ》から剝《は》げ落ちたウロコがカミツキガメになるんだって言ってた。空龍が作り物なら、ウロコもそうでしょ？　だったら、作り物が生きたカミツキガメに変化したの？　それって、凄い科学技術じゃない？」

力説し、厳粛とも言える真顔になると、ピピは重々しく呟いた。

「──遺伝子転換？」

「ピピ姉」

ピノはしばし感慨を嚙《か》みしめた。

「そんなどうでもいいような（しかもＳＦ考証的に全然つじつまが合わない）こと、一ヵ月も考えてたのか？」

「どうでもよくないわよ！」

ぱちん！　ピピの早撃ち魔法がピノの足元に炸裂《さくれつ》した。

「わ！　やめろって」

「大事な設定に関わる事柄よ。世界観？　じゃなくて人物設定かな。どっちかな」

「ンなに気になるなら、トリセツに聞いてみりゃいいじゃんか。おい、トリセツ！」

ピノは右耳のイヤー・カフに指を添えて呼びかけた。

「出てこいよ、トリセツ！」

二人がフネ村で平和な日々を過ごしているあいだは、トリセツも休暇をとるとかで、ずっと姿を消していたのだ。こんな唐突に夜逃げ（真っ昼間だけど）みたいに出立《しゅったつ》したので、今の今までピノピは（作者も）、その存在を忘れていた。

「トリセツ、応答せよ！」

ピノの耳の奥に、空龍が機能停止した際にも耳にした、あのバカ丁寧なＡＴＭ声が聞こえてきた。

〈ただいま留守にしております。御用のある方はピーという発信音の後に〉

留守録機能付きでした。

「あいつ、何やってんだ？」

絶賛発売中のＷｉｉソフト、栄光の『メトロイド』シリーズ最新作『アザーＭ』をプレイしているのですが、ピノピには内緒です。嗚呼《ああ》、全国のサムスを愛する同士たちよ。

毎日元気に丸まってるかい？

「いいよ、あわてることないもん」

なにしろ一ヵ月も一人で考えていた真面目《まじめ》なピピである。

「行こ。早く街道へ出て、王都へ行く馬車か荷車をつかまえなくちゃ」

先を急ぎつつ、実はピノもちょっぴり気になっていた。

――ルイセンコのおっさん、どこへ行くんだろう。

ピノピの出立と同時にフネ村から出てゆくのも、何だか意味ありげではないか。

王都に織物を売りにゆくという、つるつる頭に立派な顎鬚《あごひげ》をたくわえたおじさんの荷馬車が、二人を荷台に乗せてくれた。

「あんたら、運がいいよ。先月だったら、織物の素《もと》になる〈わらわら〉がぎっちり詰まった箱と相乗りするところだった」

〈わらわら〉が何なのか、フネ村の外を知らないピノにはわからない。ピピに訊《き》いたら、

「答えたくないし思い出したくもない」

ふるふると首を振ったので、何か女の子が嫌いそうなものなのだろう。

「けどあんたら、子供だけで今の王都へお使いに行くなんて、いい度胸だね！」

ピノピは顔を見合わせた。御者台のおじさんの、むっちり肉のついた背中に問いかけ

た。「王都で何かあったんですか？」

「お城の改修工事中に、どでかい迷宮を掘り当てちまったらしい」

迷宮って掘り当てるものなのか、普通。

「探索に降りてった兵隊さんたちが誰も帰ってこない上に、迷宮の底の方から得体の知れない叫び声が聞こえるんだってさ」

ピピの喉《のど》がごくりと鳴った。「どんな叫び声？」

おじさんは馬にひと鞭《むち》くれてから、二人の方をちょっと振り返り、凄みをきかせた声で教えてくれた。

「腹へったあぁ！」

第3章
王都の秘密・2

王都といえば、それは王都ですから、でっかくて立派な都市です。

あとは頼むぞタカヤマ画伯。

お城もでっかく立派に描いてね。ポピュラーな〈中世ヨーロッパ風〉でいいから、よろしくね♪

織物商の親切なおじさんが、「初めて王都に行くなら、まず旅行者案内所に寄るといい」と教えてくれたので、ピノピは素直にそうすることにした。旅行者案内所は、王都を囲むでっかくて立派な城壁の、東西南北にひとつずつあるでっかくて立派な門のすぐ内側に、目立つ看板を掲げている。

「何か知らんけど、にぎわってるな」

ピノが驚いたのもむべなるかな。旅行者案内所にはヒトが溢《あふ》れ、表にまで行列ができている。

「さすが王都ね。観光客がいっぱい来るんだ」

ピピは感心しているが、並んでいる人たちの容姿や装束《しょうぞく》は、どうもただの観光客らしくない。ピノの目には、傭兵《ようへい》とか渡世人のように見える。フネ村という鄙《ひな》の子であるピノが何でそんな職種の人たちを知っているかといえば、昔、フネ村の開拓時代には、時として野生動物による獣害事件や、武装集団による襲撃事件が発生することがあり、そういうときにはこういう流れ者の、バトルに長《た》けた人たちを雇って村を守ってもらったという歴史があり、それが「わたしたちのフネ村」という教科書副読本に写真や挿絵付きで載っていて、授業で習うからなのだ。

——荷馬車のおっさんが言ってたとおり、けっこうヤバいことになってんじゃねえの？

少々臆《おく》して（行列に並ぶのは面倒くさいし）遠巻きに見ていたら、案内所のなかから役人らしい男の人が出てきて、

「はいはいはいはい！　お集まりの皆さん、注目注目！」と、手をぱんぱん打ち鳴らした。「迷宮探険志願の受付は、この案内所ではさばききれません。お城の南ゲートに、近衛騎士団《このえきしだん》が登録受付のテントを張りましたから、直接そっちへ行ってくださいよ！」

というわけで、ピノはそちらに足を向けようとした。ピピがその袖《そで》を引っ張る。

「あたしたち、いきなり迷宮探険を志願するわけじゃないでしょ？」

「どっちにしろお城に行くんだから、いいじゃんか」

にぎやかな街のなかを抜け、お城を目指す。

近衛騎士団が設けたというテントは、さもさも大急ぎで張りました！　という感じで傾いていた。早、こっちにも人だかりができている。

まわりは大人たちばかりだ。それもごっつくて目つきの鋭い男どもの集団だ。ピノピはそのなかで揉《も》まれているうちに、何となく列の前の方にきてしまった。そこには派手な飾りのついた銀の甲冑《かっちゅう》に身を固めた騎士たちが机の前に並んでいて、

「はい、ここに名前を書きなさい。書いたら左手の甲を出して」

機械的に行列をさばいている。

「はい、次」

ピノのすぐ前、埃《ほこり》っぽいポンチョに身を包んだ長髪の男が手続きを終えて列から離れたので、ピノは先頭に出てしまった。

「あの」

「名前を書いて」

ピノはペンを取り、机の上の巻き紙に名前を書いた。

「左手の甲を出して」

そうすると、そこにぺたんとスタンプを押された。

「次の人」

ピノを脇《わき》に押しやり、熊《くま》みたいに毛むくじゃらの男が前に出た。

ピノが人ごみから脱出し、手の甲に押されたスタンプをしげしげと眺めていると、ピピもやってきた。やっぱりスタンプをぺったんこされている。双極の双子は勢いに流され易《やす》い双子でもあるのだった。

「この模様、何だろ」

ピノの質問に、ピピは呆《あき》れた。

「ピノ、これは王家の紋章だよ。お城への臨時通行証だって」

「チビども、邪魔だ」

立ち話しているところを押されて、ピノピは再びムサい男どもの人ごみのなか。どんどんお城の内部へと流されてゆく。

「いいのかな」

どこかで抗《あらが》わないと、このまま迷宮探険に踏み込んでいってしまいそうだ。

「すみません、あたしたち」

探険者たちを誘導するため、そこここに立って交通整理している近衛騎士に声をかけてみても、

「立ち止まらないで進んで、進んで！」

相手にしてもらえない。仕方がないから手をつなぎ、何とか人ごみの端の方に寄ろう

と努力しているうちに、まわりの空気が冷え冷えとしてきた。見回せば石壁に囲まれている。高いところに窓が開いている、ちょっとしたホールみたいな場所だった。

「ここ、もうお城のなかだよ」

そのとおり。修繕の作業員たちがうっかり掘り当ててしまったという迷宮の入口が、すぐ目と鼻の先にぽっかりとあいている。

「今度は、空龍《エア・ドラゴン》の仕業じゃないことだけは確かだな」

空龍がフネ村役場の床にあけた穴は縁がきれいな円形になっていたけれど、ここの穴はめちゃめちゃ歪《ゆが》んでいる。床の敷石が砕かれ、飛び出したり浮いたりしていてきったない。

その穴のなかに、探険者の男たちは次々と飛び降りてゆく。どうやら奥は、そんなふうに降りられるぐらいの状態であるようだ。

「このホールで、何をどう修繕しようとしてたのかしら」

呑気《のんき》なことを訝《いぶか》るピピをかばいつつ、ピノは何とか探険者たちの群れの外側に脱出した。押し切ろうとせず、男たちの肘《ひじ》の下あたりをかいくぐればいいのである。こっちは小柄なんだから。

「王様が迷宮にいるわけないんだから、戻ろう」

最初からわかっていたことを提案するピノの肩を、後ろから誰かがぽんぽんと叩《たた》いた。

振り返ると、ピノピとおっつかっつの身長で、ピノピを合わせて倍がけしたくらいの体重がありそうなおばさんが、目をまん丸に見開いて立っていた。

「あんたたち」と、おばさんはひそひそ声で話しかけてきた。「長靴の戦士だね?」

ピノは答えず、ピピは「はい」とうなずいた。双極の双子のうち、より状況に流され易いのは〈正〉の方だと判明した。

ピノは上目遣いになった。「何でそんなこと訊《き》くんだよ?」

「だってあんたたち子供だし、きれいな長靴を履いてるし」

それは伝説の長靴でしょうと、二人の足元を指してさらに言う。

「どうしてわかるんですか?」

「王都のなかをここまで歩いてきて、馬

フンに汚れないでぴかぴかの長靴なら、そりゃ伝説の長靴しかないさ！」

王都の道の馬フン害というのは、そりゃもう大変なものなのだそうだ。

「蓄電自動車を使えばいいもんを、王様が、あれはメンテが高いからって禁止しちゃったもんだからね」

王都の豆知識その①でした。

「おばさん、ここで何してんの？」

「あんたたちみたいな人を待ってたのさ」

おばさんは街着に白いエプロンがけの姿で、頭には三角巾《さんかくきん》を着けている。パッと見ると、料理中のお母さんという感じだ。

「何のために？」

「仕事を引き受けてもらいたいから」

話しているうちに、気がついたらおばさんに誘導されて、一緒に迷宮の入口の混雑から抜け出していた。そこそこ広いホールの端の方は、探険者ではなさそうな町の人たちが集まっている。おおかたは野次馬だろうが、

「ホラホラ、保険はどうだい？　掛けて安心、スミス保険代理店の迷宮探索保険、今なら掛け金一割引で、もしもの場合の倍額保証もついてお得だよ！」

「皆さん、装備は万全ですか？　困ったときのお役立ち救急キット、携帯食糧、買い忘

れはないですか？」

　売り込んでいる商人たちもいる。

「こんなとこまで来て商売してる……」

「最後のひと売りさ。そそっかしい探険者は意外に多いからね」

　ホントだ。商人に近づいて、今ごろ「適当な剣はある？」なんて訊いてるヤツがいる。

「話が通り易そうなのが現れるのを待ってたんだけど、長靴の戦士なら申し分ない」

　おばさんは上機嫌で、エプロンのポケットに手を突っ込んでごそごそやっている。

「ほら、これがうちの鑑札」

　取り出したのは一枚のカード。革で裏張りされていて、けっこう丈夫そうだ。細かい文字が書いてある。

〈まるわ弁当店　王都中央通り5の1番地　王室特務部御用達《ごようたし》〉

　文字の下に、王家の紋章のスタンプが押してある。これはちょっと高級な感じで、金のインクだ。

「これを持っていけば、武器なんかなくたって迷宮を抜けていけるからね。いちばん底まで行って、ハンゾウさんに会ってよ。まるわのアヤコからの使いだって言って、アヤコのバカ亭主がまたハッパにしくじっちゃってごめんねって」

　何が何だかさっぱりわからん。

「わかんないんですけど」

「行けばわかるわよ」

おばさん、一人で話が通ってる。

「いつもなら、うちの側から非常用ハンドルを回せるんだけど、今度はハッパの場所が悪くって、ハンドルも埋まっちゃってるのよ。ハンゾウさんに、地下五階まで上がって回してもらわないとね」

もっとわからなくなってきた。ハッパの場所が悪いって、都合よくない場所に葉っぱが繁《しげ》ったということか？

「これを持ってれば大丈夫っていうのは、つまり、このカードが護符だって意味ですか」

おばさんは、ピピが使った〈護符〉という言葉の意味がピンとこないらしい。

「うちの鑑札よ。どんなモンスターだって、これを見りゃ畏《おそ》れ入るから」

「どうして？」

「下の迷宮にはモンスターがいるのか？」

得意の同時質問をしたピノピに、おばさんは笑った。「いるに決まってるじゃないの！　モンスターのいない迷宮なんて、ものの役に立たないんだから」

おばさんの定義が百パーセント正しいかどうかは微妙ですが、経験値稼ぎに潜った迷宮でモンスターの出現率が低い（つまりエンカウント率が低い）と、イラつくことは確かですね。

「ただ、ねえ」と、ここでおばさんは眉《まゆ》を寄せ、働き者らしいぶっとい腕を組んだ。

「ここんとこ、この迷宮のモンスターたちが凶暴化してるらしいのよ。新種も出てきてるって。まあ、だからこそあたしも、こりゃ長靴の戦士が現れて封印が解けたんだなって察してたわけだけど」

長靴の戦士や封印のことって、弁当屋のおばさんにまで周知の事実らしい。どんどん有り難味が薄れてゆく。

——さすが、ボッネタの世界。

うっすらと悲哀を噛《か》み締めるピノの横で、ようやくピピが明るい声を出した。

「そっか、そうなのか」

そうなんだよ、ピノ、といい音をたてて弟の背中を張った。

「な、何だよ！」

「織物売りのおじさんが言ってたじゃない。この迷宮の底の方から、〈腹へったぁぁあ！〉って声が聞こえるって」

確かにそう言っていた。

「で、このおばさんはお弁当屋さんなのよ。ふたつを繋《つな》げればわかるでしょ？」

ピノにはわからない。だがアヤコおばさんは大いに喜んだ。

「さすがは長靴の戦士だねえ。話が早くて助かるよ」

作者も叙述の手間が省けて助かります。

「でもさ、お願いだから、ここの騎士さんやお役人たちにはナイショにしておくれよ」

おばさんはピノピの腕を引っ張り、近くに引き寄せてさらにひそひそと言った。

「うちはね、この迷宮の底にいるハンゾウさんたちに弁当を届けるのが商売なのさ。一日一度、三食分をね」

おやつと夜食もあるそうだ。

「そのために、うちが使ってる特別な通路があるんだけど、十日ばかり前、うちのバカ亭主がハッパかけちゃって、ぶっ壊しちゃったんだよ」

ハッパとは葉っぱじゃなくて〈発破〉、ダイナマイトのことなのだ。

「おばさんのご亭主、どうしてそんなことをしたんですか？」

おばさんは怒り目になった。「通路を広げてやるって。あの人、今までにも何度もやらかしててさ。だから本物の技師さんに頼んで、本道がふさがっちゃったときのために、非常用の脇道も掘ってもらってあるんだけど、その脇道の入口を開けるためにはハンドルを回さなくちゃならないんだ」

何ヵ所か設けておいたその非常用ハンドルのおかげで、今まではご亭主がハッパをしくじっても事なきを得ていたのだが、今回はハッパの量が多く、通路の崩壊が大規模だったので、地下五階にあるハンドルしか使えなくなってしまった。しかも、おばさんたちの側からは、そのハンドルに至る術《すべ》がないのだというわけである。

「もしかして」

ピピも一段と声をひそめて、迷宮の入口であるホールの床の穴を振り返った。探険志願者たちはとっくに降りてしまっていて、商人たちも姿を消している。あとには警備の近衛騎士が数人と、野次馬たちが穴の縁にたむろしているだけである。

「この穴も、お城の修繕屋さんが掘り抜いちゃったんじゃなくて、おばさんのご亭主のハッパの影響であいちゃったんじゃありませんか？」

おばさんは「しッ！」と言って、右手の人差し指を自分のくちびるにあて、左手でピピの口を押さえた。

「だから、ナイショにしといてよ。王様ったら、がめついからね。本当のことがバレたら、修繕代金をどんだけ吹っかけられるか知れたもんじゃない」

一市民が王様を相手に、逮捕されるとか収監されるとかじゃなく、吹っかけられることを心配する。これが、とってつけたような名前のモルブディア王国の実態である。

「あたしらは、地下の通路の様子をよく知ってるからね。このお城の側から地下五階に行くには、いっぺん底まで降りて登っていくしかないってことはわかるんだ。迷宮は地下十階まであって、ハンゾウさんはその階の陣屋にいるからさ」

「おばさん」と、ピノはようやく口を開いた。「オレ、根本的な疑問があるんだけど」

これは、今やピノの定番の台詞《せりふ》だ。

「鑑札さえあればモンスターも怖くないなら、何でおばさんが自分で行かねえの？」

弁当屋のアヤコさんが、初めてひるんだ。

「あのね、あたしはここの迷宮の連中に面割れしてるのさ」

有名人なんだ。

「あたしが御自《おんみずか》ら降りていったら、大変な騒ぎになっちゃう。これ以上は言わせないでおくれ。あたしは謙虚なオンナなんだから」

謙虚な人間は、自分で自分のことを〈御自ら〉なんて言わない。なのにピピは納得してしまうのだった。

「そう。わかった、引き受けます。あたしたちがハンゾウさんに会いに行って、まるわ弁当店がちょっとでも早く商売を再開できるようにします」

「ピピ姉、待て」

「ぐずぐずしてられないよ。だって通路がふさがっちゃってから、もう十日も経ってるんでしょ？　だからハンゾウさんたちも〈腹へったぁぁ！〉って叫んでるのよ」

「そうそう、そういうこと」

アヤコおばさんは余裕の感じで両手を腰にあてた。ピピの方は、さあ行くぞという感じで同じ格好をした。

ピノは気勢が上がらない。「だいたい、ハンゾウって何者なんだよ」

「あら、あたし言ってなかったっけ？」

ニンジャだよ、という。

「名前からして、それしかないだろ。ああ、だから気をつけてね」

十日も干乾《ひぼ》しでは死んでしまうので、ハンゾウと手下のニンジャたちは、当座の食糧調達にモンスターを狩っているに違いない。

「普段よりも迷宮の上の方にまで来てるだろうし、なにしろ二百人からいるし、どこで出会うかわからない。会ったらすぐ鑑札を見せるんだよ」

この〈すぐ〉というのが曲者《くせもの》なのだが、まあ、それはおいおいわかることである。

「新種のモンスターにも気をつけるんだよ。あんたらが封印を解いちゃったんだから、自己責任っていっちゃ自己責任だけど」

励ましになってない励ましを受けて、ピノピは迷宮の底へお使いに行くことになった。

ししるいるい。

シルシルミシルではない。死屍累々だ。ついでに言うとホントに死んでるわけでもない。ただ、完全にノックダウン状態だ。

先行した探険者たちである。そこにもここにも転がっている。うずくまっている。白目を剝《む》いている。泡を噴いている。迷宮の地下一階、たった三百メートルばかり進んだだけで、惨憺《さんたん》たる有様だ。

「これ、みんなモンスターの仕業？」

さすがに、ちょっぴり顔色が変わったピピだった。

「救助隊が必要だね」

「ほっとけよ。そのうち目が覚めたら自力で外へ逃げ出すって」

ボツネタが集まった世界では、基本的に〈戦士〉であるはずの傭兵や渡世人が、弱っちくても不思議はない。ピノは、昔フネ村が彼らのような存在に助けられたという歴史にさえ疑いを抱《いだ》き始めていた。

それに、この迷宮の存在そのものも訝しい。

「これ、誰が何のために造った迷宮なんだろう？」

まるわ弁当店が造ったのは配達用の特別通路と非常用脇道であって、迷宮ごと造ったわけじゃあるまい。レンガで舗装され、壁には等間隔で燭台《しょくだい》が打ち付けられていて、蠟燭《ろうそく》が灯《とも》っている。おかげで、あてにならないトリセツを呼び出してサンフラワーの光魔法を使ってもらう必要もなかった。おまけに「B1」と階数表示まである。

「マップもあればもっといいのにな」

「お二人ならゲットできますよ」

わ！　びっくりした。ピピの頭の上に、唐突にトリセツ登場である。

「おまえ、出るなら出るって言えよ！」

「ペンダントの、例のスイッチを押してごらんなさい。もちろん、どちらか一人だけですよ」

心得ている。ピピが胸元を探り、革紐《かわひも》を引っ張ってペンダントヘッドをつかんだ。少し動揺しているので、集中してスイッチを押せるまでちょっと手間がかかった。

と、二人とトリセツの前方、右手の壁に、うっすらと青白い光の線が浮かび上がった。扉の形だ。

「隠し扉です」トリセツが講釈した。「ほかにもいくつかありますし、深く降りるほど数が増えていくはずです。さっそく入ってみましょう」

ピノピがその前に立つと、隠し扉は自然にごごと音をたてて開いた。引き戸タイプである。

その奥には小さな部屋があった。さすがになかには燭台はないが、通路から入る蠟燭の明かりで充分に見渡せるくらいの広さだ。

で、そこには一頭の熊がへたりこんでいて、ピノピを見るとさっと起き上がった。

「わ〜！」

ピノピと熊は同時に叫んで、同時に叫ぶのをやめた。

ピノは、ピピが熊に向かって鑑札を突き出していることに気づいた。

そして、その鑑札を拝むようにして熊がぼろぼろ泣き出したので、面食らった。

「ああ、助かった」

黒熊だが、胸のところに三日月形の白い毛が生えている。ツキノワグマだ。モンスターに分類しては失礼だろう。あ、だからボツなのか。

「弁当屋さんだね？　やっと来てくれたんだね。早く通路を元通りにして弁当持ってきてくれないと、ボクたちみんな食われちゃう」

「ニンジャがこの階にまで来るのですか？」

トリセツは落ち着き払って質問する。

「うん。探険者たちがうるさいんで、上がってくるようになったんだ。だからボク、ここに隠れてたんだけど」

「おまえ、モンスターのくせに隠し扉を開けられンの？」

ピノの言葉に、ツキノワグマはムッとした。「この迷宮のなかなら、どこでも出入りできるよ。ボクらを何だと思ってるのさ」

「ボツ・モンスター」

ツキノワグマはうなだれて肩をすぼめた。それでもピノよりは充分大きい。

「可哀相《かわいそう》に。泣かないで」

いつの間にかツキノワグマの背後に回って背中を撫《な》で撫《な》でしてやっているピピだが、だんだん目が輝いてきた。

「なんてステキな毛皮……」

ツキノワグマはピピから飛びのいて、壁際で縮み上がった。

「ち、地下四階まで行くと、水路があって、お化けラッコがいるから。あいつらの方が上等な毛皮を着てるから」

「イヤねえ、冗談よ」

笑うピピの目の輝きは、依然として不穏である。十二歳にもなると、オンナはたいていこんなもん——かな？

しかしピノはほかのことに気をとられた。ツキノワグマの太い身体《からだ》がどいたので、見えたのだ。

「宝箱だ！」

奥の壁際に、古風な木製の（そして少々安っぽい作りの）宝箱が鎮座している。しゃがんで蓋《ふた》をとってみる。鍵《かぎ》はかかっていない。

「マップだ！　ピピ姉、この階のマップだよ。下へ降りる階段の位置がわかる」

読者の皆様におかれましては、どうぞお好きな〈アイテムゲット音〉を鳴らしてください。

「皆さん、誰か探険者を襲いましたか？」

トリセツが尋ねる。ツキノワグマはふるふると首を振った。

「まさか。あれはみんなニンジャたちの仕業だよ」

「だから、探険者たちの食料品も失《な》くなっているのですね」

というか、ニンジャたちの目的は、探険者たちが装備している携帯食糧だったのかも。

「地下一階まで上がってきてるなら、お城の床にあいた穴から外に出りゃいいだろうに」

ピノは呆れる。作者も同感だ。

「それだと、契約違反になっちゃうから」

君たちは子供だから知らないんだろうけどと、ツキノワグマは心持ちそっくり返る。

「ここの王様はホント、契約にうるさいんだ。ウルトラがめついし」

「契約に反すると、違約金をとるってか」

「どんな契約なの？」

さっき脅かされた仕返しか、ツキノワグマは横目でピピを見た。「それは自分で降りていって確かめるといいよ」

だんだんボクらの仲間の数が増えてくるから、気をつけてね——親切心ではなく、仕返しの延長のような感じで言い足した。

「うん、気をつける。あなたもそのステキな毛皮を汚さないように気をつけてね。あたし、用が済んだらまた戻ってくるから」

ピピは毛皮が好きらしいということが判明したところで、セーブポイントがきました。

第３章
王都の秘密・３

「それにしても、さ」

迷宮の地下一階通路を歩き、地下二階に通じる階段が見えてきたところで、ピノはため息をついた。

「この連中、何だってこんなに大勢いるんだろ？」

ピノピよりも先に降りた探険者たちである。折り重なって、そこらじゅうで、ひと山いくらの感じで気絶している。彼らの身体《からだ》が通路を塞《ふさ》いでしまっているところもあった。いちいち助け起こして介抱していたら、それだけで次の誕生日が来てしまいそうなので、申し訳ないけど跨《また》いで通ってきたピノピだ。

「この様子だと、探険者さんたちのほとんどが、この階で倒れてるみたいだね」

つまり、到着後間もなく戦闘不能状態化したということだ。

「そもそも、こいつら何でこんなに頭数がいるんだよ。モルブディア王国なんてちっぽけな国なのにさ。傭兵とか侠客《きょうかく》とか用心棒とか、そういう職種の人間が大勢いたって、そんなに仕事があるわけねえだろ？　食っていけないだろうに」

「宿命ですよ」と、トリセツが言った。

一応、ピノピの後方をカバーするという名目で、ピピのリュックのなかにすっぽり入り、花の部分だけを外に出して後ろを向いている。その姿勢のせいもあってか、言葉とは裏腹に寛《くつろ》いだ口調だった。

「宿命って？」

「雑魚《ざこ》敵でもＮＰＣ《ノン・プレイヤー・キャラクター》でも、こうした戦士タイプのキャラは、山ほど原案が作成されるのです。主人公やその仲間たちだって、最終的にキャラが決定するまでは、いくつものバージョン違いが創《つく》られるのですよ」

それらはみんなボツキャラだ。ゲームのなかを駆け回る一人のキャラの後ろには、数え切れないほどのボツがいる。一将功成りて万骨《ばんこつ》枯る。ちょっとニュアンス違うかしら。

「――そういうのが集まるから、ボツコニアンには必然的に戦士タイプの人口が増えるってことか？」

「サヨでございます。ピノピさんにも、きっとバージョン違いのボツキャラがいるはずですよ。タカヤマ画伯に訊《き》いてごらんなさい」

いっぱい描き直してもらったのかなあ。打ち合わせで会ったとき、目の前でさらさらとラフを描いてくれたのですが、その巧《うま》いこと上手《うま》いこと！　さすが「少年ジャンプ」

だなあと感嘆しました（って、なにしろ描写を丸投げして楽してるからな。ちょっと画伯をヨイショする作者）。

「あれから隠し部屋も宝箱も見つからないね」

「地下一階じゃ、アイテムはマップぐらいだろ。これからだよ、これから！」

勇んで階段を降りてゆくピノピの足音だけが、迷宮の石壁にこだまする。

そして着いた地下二階はがらんとしていた。人っ子一人、見あたらない。

「ピピ姉、さっきの発言を訂正してくれ」

「え？」

「〈探険者さんたちのほとんど〉じゃない。〈探険者さんたち全員〉が正しいぞ」

地下一階が混み合っていたわけである。

「それよりホラ、隠し部屋だ！」

通路の左手の壁に、青白い扉の輪郭が浮かび上がっている。ピノピが前に立つと、ごごと開いた。今度はなかにモンスターはおらず、宝箱だけが鎮座していた。

「中身、何だろ？」

わくわく開けてみると、棒っきれが一本。「焚《た》きつけか？　こんなの、フネ村じゃ道を歩いてるだけで拾えるぞ」

ピノがぽいっと投げ捨てたのを、ピピがタイミングよく右手でキャッチした。しかもこのよくできた姉さんは、ツキノワグマ以上のモンスターがいた場合に備えて、首のペンダントに左手の指をあてていた。

「あれ？」と、ピピは声をあげた。棒っきれを握りしめて、何か音を聴くみたいに小首をかしげる。

「どしたの？」

ピピはピノに棒っきれを突きつけた。「自分でやってごらんよ。これを持って、ペンダントに触るの。面白いよ」

言われたとおりにしてみると、なるほどピノの耳の底にも聞こえてきた。

〈木の棒　戦士見習いでも使うことのできる素朴な武器　カテゴリー・棍棒《こんぼう》　売却・改造不可〉

ちょっとばかりトリセツに似てる声だ。

ピノはピピの顔を見た。ピピが嬉《うれ》しそうににっこりした。「アイテムの説明だよ。このペンダント、便利だね」

便利と安直は紙一重である。

「ま、いいか。とりあえずリュックに入れとくよ」

隠し部屋を出て無人の通路を進んでゆくと、行き止まりにつきあたった。

「トリセツ、マップを見てくれ」

トリセツはリュックに収まったまま、葉っぱを広げてマップを見る。ピノはそれを覗《のぞ》き込んだ。マップ上ではまだ一本道だ。

「でも行き止まってるよね……」

ピピは石壁に近づき、掌《てのひら》をあてて撫《な》でたり、拳《こぶし》を固めてこんこんと叩《たた》いたりする。

そこでピノは閃《ひらめ》いた。「トリセツ、マップを寄越せ」

右手にマップ、左手でペンダントに触る。案の定だった。

〈騎士の地図　王城の内部しか警備してない騎士がだいたいの感じで描いた地下迷宮の地図　ほとんどあてにならない〉

マップにもランクがあるのだった。

「ケッ！」

唾《つば》と一緒に悪態のひと言を吐き出して、ピノはマップをくしゃくしゃに丸めると、正面に立ちふさがる石壁に向かって投げつけた。

次の瞬間。

びゅんっ！

突風が二人の頭上を吹き抜けた。ただの風ではない。左の側壁から何かが飛び出して、反対側の壁に刺さったのだ。

投《な》げ槍《やり》である。グサリと一本、右の側壁に突き立っている。高さはピノピの頭すれすれだ。二人が大人だったなら、身体の大変ヤバい部分に突き刺さるところだった。

「ピピ姉」

ぽかんとしているピピの手を、ピノはゆっくりとしっかりと握りしめた。

左の側壁に、いつの間にか無数の穴が出現している。穴の直径はちょうど――考えたくないけどまさに――槍の柄《つか》の直径と同じくらいだ。

「走れ！」

回れ右、わっと駆け出した。文字通り「わっ！」と叫んで走り出した。

「何でぇ？」

問い返すピピの声をかき消して、空を切る音もにぎやかに、右の側壁の穴から無数の投げ槍が飛び出し始めた。次から次へと左の側壁に突き刺さってゆく。槍が飛び出す箇所はひとつではなく、通路を駆け戻る二人のあとを追ってどんどん迫ってくる上に、高さまで変わる。ピノピの身長でも充分ヤバいところにあたってしまいそうだ！

「走れ走れ走れ走れぇ！」

結局、階段のすぐ下、壁の切れているところまで駆け戻ったら、投げ槍は止《や》んだ。

「……凄《すご》い」

「塞がれちゃったぜ……」

壁に突き刺さった数え切れないほどの投げ槍が、ピノピを通せんぼしている。槍の長さと通路の幅がほとんど同じくらいなので、この現象が生じてしまったのだ。だがしかし、上下それぞれ三十センチほどの空間だけは、ぽっかりと空いている。

「これ、下をくぐっていけばいいんじゃないかな」

「くぐっていったって、行き止まりは行き止まりだぜ」

「わからないわよ。何か変化が起きてるかもしれない。階段をのぼって後戻りしたってしょうがないんだし」

「ピピさんの言うとおりです。くぐってみましょう」トリセツが言って、ぬかりなく付け加えた。「つっかえてしまうので、リュックはおろした方がよろしいですね」

ピノはリュックをおろし、ピピに渡した。「オレが行ってみる。危ないから、ピピ姉は待ってて」

さて、MGS《メタルギア・ソリッド》プレイヤーならばお馴染《なじ》みの匍匐《ほふく》前進の時間です。これが上手くできないばっかりにしばしば敵に発見され、でもバンバン撃っちゃう方が手っ取り早いしなあ――とか思う作者は、小島秀夫監督に申し開きの言葉もございません。

「でもさあ」

這《は》いずりながら文句を垂れるピノ。

「ああいう飛び出すトラップって、フツーは進行方向の後ろから追っかけてくるもんじゃねえの？　後戻りを強《し》いるってのはどうなのよ」

ぶつくさ言わずにとっとと這え。

ごつんと音がして、行き止まりの石壁に頭がぶつかってしまった。

「痛《い》テ！」

「やっぱ行き止まりのまんまだよ！」

床にべったり伏せているので、発声が苦しい。楽な姿勢のピピのきれいな声が、

「じゃあ、戻ってきて！」

恨めしや。どうやって戻ればいいかって、方向転換は難しく、つまりこの状態のまま後ろににじり下がってゆくしかないのだ。

——オレ、生まれ変わったら（姉さん想《おも》いの）弟にだけはなりたくない。

匍匐後退は前進より三倍くらい難しく、ピノは石の床で顎《あご》やほっぺたを擦《す》り剝《む》きつつ、じりじりと下がっていった。完全に顔をうつむけると鼻の頭がズル剝けになってしまうので、横を向いたり、微妙な角度に頭を持ち上げていなければならないのがまた辛《つら》い。

と、その角度その高さその位置にあるピノの目に、あるものが見えた。行きでは前ばっかり見ていたので、気づかなかったのだ。

投げ槍が飛び出してきた方の壁の、床上五センチくらいのところに、たった一ヵ所、石壁の色が変わっている部分がある。そこだけ色が違う石がはめ込まれているみたいで、しかもちょこっとだけ壁から浮いていた。

よい子の皆さんにはお勧めできませんが、こういう場合、前後の状況にかかわらず、主人公のとる行動は決まっている。

スイッチ（らしきもの）を発見したら、とりあえず押しとけ。

ピノもそうした。かちりと音がした。

ずずずず——と、左の壁全体が下降し始めた。

身体の上を覆う槍衾《やりぶすま》のあいだを抜けて、塵《ちり》や埃《ほこり》が落ちてくる。

「わあ……広い！」

ぽっかりと開いた大きな空間に歓声をあげて、ピピが走り出す。壁が消えた先は長方形の部屋で、天井もちょっと高い。縁に装飾のついた逆U字形の出口が、ピノピを差し招くように口を開いていた。


ムダな大仕掛け。


「ピノ、早く出ておいでよ！　ここには隠し部屋もあるよ！」

槍衾の下から這い出たピノは、服を叩《はた》いて立ち上がった。なるほど、出現した新しい石壁に、青白い隠し扉の輪郭も見える。でも、ピピがその前に立ってみても扉は開かない。

「仕掛けが違うのかな？」

ピピが振り返ったとき、ピノは不吉な物音を聞いた。

ごろごろごろ。

今度は大岩のトラップ——ではない。ピノのお腹《なか》が鳴っているのだ。空腹のせいではない。石造りの床を這っていて、すっかり冷えてしまったのだ。

「ピピ姉、ちょっと、タンマ」

脚を交差させつつ、下腹を押さえてよろよろと、ピノは姉さんに近寄った。お腹の鳴動が一段と大きくなり、まずい！　と思わず前屈《まえかが》みになって壁に手をつくと、そこはちょうど件《くだん》の隠し扉の真ん中で、それはぱっかんと内側に開いた。勢い余って、ピノは頭からそのなかに転がり込んだ。

「さあ、どうぞ」

リュックのなかのトリセツが言った。

「公共施設ですから、きれいに使いましょうね」

トイレでした。


どこの誰が設計したのか知らないが、入り組んでいる割には設備の整った地下迷宮を、ピノピは地下三階、四階へと進んでいった。

ちらほらとモンスターの姿を見かける。が、どれも熊《くま》だの鹿《しか》だの山猫だのの普通のケモノ風で、なおかつ小さくなって震えているか、

「あ、救助隊のヒトですか？」

なんてピノピに駆け寄ってくるような始末だから、手応《てごた》えがないこと甚《はなは》だしい。サイズが大きいだけの白ウサギは、ピピに毛皮を撫でられて耳に脂汗をかいていた。

地下三階の隠し部屋では、宝箱のなかから腹巻きが出てきた。ペンダントでチェックしてみると、

〈お腹を温めるアクセサリー　この先はもっと冷える〉

ピピがあんまり笑うので、ピノは腹巻きを丸めてリュックに突っ込んだ。

さて地下四階である。階段のすぐ先に隠し部屋があり、〈探険者の地図〉を入手した。

〈過去に一人だけここまで到達した探険者の作った地図　そこそこ使える〉

広げてみると、地下四階全体の見取り図に、水路とそこにかかる橋の位置も描かれている。

この階はほとんどひとつの大部屋で、地下五階に通じる階段はその先の小部屋のなかにあるらしい。大部屋と小部屋は長い通路で結ばれている。

「そっか、この階には水路があって、素敵な毛皮のお化けラッコがいるんだよね！」

ピピの嬌声《きょうせい》を聞きつけてか、水路を渡って進んでいってもお化けラッコは登場しない。石敷きの床の上にその痕跡《こんせき》があるのみだ。つまり、何か毛皮を着た生きものが大慌てで水からあがってどこかへ逃げていったときに残るような痕跡。濡《ぬ》れモップを引きず

ったみたいだ。

「ちょい待ち」

大部屋を抜け、地図の上でも妙に長く描かれている通路に踏み込むところで、ピピは立ち止まった。実物の通路はさらに長く、ぶすぶす燻《くすぶ》るように燃えている松明《たいまつ》の明かりだけでは、遠くの方は見えない。

嫌な予感がする。

「階段はこの先だよ。行こうよ」

「うん……」

左右の壁に目を配りながら進み始めると、左手の壁に隠し扉の輪郭が浮かび上がった。

そこの宝箱にも、棒っきれが一本。ただ今度の棒っきれは、簡単な加工がほどこされている。おじいさんが使うステッキを半分に切ったぐらいのサイズで、先端が傘の柄《え》みたいに丸まっているのだ。手触りもすべすべしているから、鑢《やすり》がかけられているのだろう。これなら〈杖《つえ》〉と呼んでもよさそうだ。

「チェックしてみよう」

杖を握ってペンダントに触れたピピが、目を瞠《みは》った。

〈橡《とち》の杖　初心者向けの魔法　導体　カテゴリー・杖　属性魔法レベル１　補助魔法レベル１　使役魔法レベル５〉

「これ、魔法の杖だよ」

手にした杖を、若干の畏怖《いふ》がこもった眼差《まなざ》しで見つめて、ピピは言った。

「属性魔法と補助魔法は何となく見当がつくけど、使役魔法って何だろ？　それに、どうして使役魔法だけレベル５なんだろう」

何にも見当がつかないピノは、やっぱり左右の側壁の動向の方が気にかかる。手にした杖を振ったり回したり、何の意味があるのか知らんがその先で自分のおでこをこんこんしたりしているピピの一歩前に出て、慎重に通路を歩んでいった。

「〈使役〉っていうのは、誰かに何かをさせることだよねえ」

杖をこねくり回しながらピピが呟《つぶや》いた、そのとき。

じゃきーん！

出た。側壁にあの穴の群れの登場だ。しかも今度は左右ときてる！

「ピピ姉！」

ピノが叫んだのと同時に、左右から飛び出した投げ槍が少年の鼻の頭をかすめた。またぞろ投げ槍の大群が、次から次へと空を切って飛び交い、側壁に突き刺さってゆく。呆《あき》れて見守るうちに、またまた通路は完全に塞がれてしまった。

「上にも下にも隙間《すきま》がないよ……」

そのとおり。ピノピの長靴の踵《かかと》あたりの高さまで、投げ槍の柄がひしめいている。天井の方も満員の状態だ。

「これ、どういうトラップなんだ？　なげやりな気持ちになれってことなのかよ」

「なげやりな気持ち」

ピピが呟き、また杖に目を落として、

「なげやりの気持ち」と、微妙に言い換えた。

「そっか」

うなずいて、ピピはピノのリュックを引っ張った。「ちょっと後ろに下がってて。試してみるから」

「何を？」

「いいからいいから。それより鼻の頭から血が出てるよ」

ピピは槍衾の正面に立つと、右手で杖をかまえ、左手の指をペンダントにあてた。

「え〜と、え〜と」

杖の先を槍衾に向けて、迷っている。

「こういう場合、何て言えばいいのかな？」

リュックのなかのトリセツが、呑気《のんき》に答えた。「学校の先生になってみたらいかがですか、ピピさん」

ピノはひりひりする鼻の頭にツバをつけてこすっていた。「先生？」

「そっか、先生ね」

ピピには通じたらしい。両足を肩幅に開き、杖を構え直すと、大声をあげた。

「休め！」

杖の先端がびくんと跳ね上がり、その反動でピピの腕も動いた。途端に、側壁に突き刺さった無数の槍が、ばらばらと抜けて落下した。通路の上に積み重なってゆく。

「すげぇ……」

投げ槍の山である。

「今の、わかった？　杖の先から何か力が飛び出した感じだったの！」

凄い凄い、魔法を使っちゃった！　満面の笑みでぴょんぴょん飛び上がるピピだが、しかし状況が改善されたわけではない。

「でもピピ姉、この槍の山、どうやって乗り越えンの」

依然、通路が塞がれていることに変わりはないのだ。

「いいから、見てなさいって」

ピピはまた杖を構え、槍の山に命令した。

「起立！」

杖が反応し、無数の投げ槍たちが一斉に起き上がった。銀色に光る穂先を天井に向けて、通路を埋め尽くし、本当に〈起立〉した。

「ほらね？　これが使役魔法なのよ」

ピピは小躍りして、さらに続けた。

「二手に分かれ、左右の壁に沿って二列縦隊に並びなさい！」

投げ槍の群れはピピの命令に従い、しゃきっと整列した。通路の中央に、充分ピノピが通れそうな隙間が空いた。

ここまできて、やっとピノも感心した。面白いじゃんか。

「ちょっと、オレにもやらせてくれる？」

「いいよ。でもどうするの？」

杖を受け取り、ピノはいっぺん学校でやってみたかったことを実行した。

「前へ～、ならえ！」

学校で同級生たちにこの号令を飛ばせるのはクラス委員の優等生だけで、ピノには縁がなかったのである。ああ、気持ちいい。

だが、この少年はつくづく考えが足りない。トラップ要員のこの槍たちは、ただの槍である。映画『ファンタジア』の「魔法使いの弟子」に登場する帚《ほうき》の群れみたいに、腕が生えているわけではない。

そんなただの槍に、「前へならえ」という号令は、どんな姿勢を意味するか。

じゃきーん！　無数の投げ槍たちが、凶悪にぎんぎらと光る穂先をピノピに向けて整列した。

「うわ〜！　待った待った待った！」

ピピがピノから杖を奪い取り、事態を収拾してから、ピノの頭をこつんとやった。

「ごめん」

ピピが先に立ち、投げ槍の列のあいだを通り抜ける。ピノは頭をさすりながら姉さんに従い、途中でふっと気がついた。この槍の穂先は、石壁に突き立つほど鋭いのだ。武器として、結構心強いのではあるまいか。

ひとつ持っていこうと柄をつかんだ。ところが槍は動かない。頑として動かない。整列したままだ。いちいち使役魔法が要《い》るのだろうか。

「ピピ姉、杖を――」

使ってよという言葉は発されることなく、ピノの喉《のど》の奥に引っ込んでしまった。

通路の奥の暗がりから、何かがやってくる。ほとんど天井に近い高さを、左右の側壁を蹴《け》って飛んでくる跳ねてくる。そのジグザグの動きが巻き起こす風が、ピノの髪をふわっと持ち上げた。

「伏せろ〜！」

叫んでピピに飛びつき、二人して顔からまともに床の上に倒れたそのとき、一陣の風が通路を吹き抜けた。しゅぱぱぱぱっという音がして、ひと呼吸置いて投げ槍の列が崩れ始めた。奥から手前に、将棋倒しにピノピの上に落ちかかる。

投げ槍の群れに埋もれかけ、もがいて立ち上がった二人は見た。すべての槍の穂先が切断されている。投げ槍の斬首《ざんしゅ》だ。しかも、斬《き》り落とされた穂先の部分はすべてすっ飛ばされ、びっしりと天井を埋め尽くすように突き刺さっていた。

とっさに首《こうべ》をめぐらせたピノは、ジグザグに飛んで跳ねる何かが、通路を戻ってくるのを感じた。見えたのではない。気配だけだ。それで充分だった。

「うわ～！」

投げ槍の死骸《しがい》の群れにダイビング！　しゅぱっという音は、二人の頭上で、今度はさっきより短く響いた。切断するものがなかったからか？

いや、まったくなかったわけではない。再び投げ槍の群れからもがき出たピノピは、てんでに目も口も開けっ放しの状態で、それぞれが手にしたものを見せつけあった。

「ピノ！」

「ピピ姉！」

ダイビングの直前、ピノはとっさに、地下二階で見つけた木の棒を構えていた。ピピもまた椽の杖を構えていた。今、そのどちらもサイズが変わっている。棒と杖を握っている二人の拳すれすれのところで、見事に切断されているのだ。

「これ、何？」

叫んで問うても、トリセツはとっくにピピのリュックのなかに避難完了、応答なし。

「また来た！」

壁を蹴ってジグザグに動くものが、風を巻き起こしながら、低空飛行で襲ってくる。もの凄く剣呑《けんのん》な高さ、ピノピの首をすぱりと落とせる位置取りで。

「わわわわわわ〜！」

絶体絶命かもしれない？

第3章
王都の秘密・4

「わわわわわ〜！」

ピノピの叫び声に、たったひと声、別の声が混じった。

「わ！」

次の瞬間、壁を蹴《け》りピノピ目がけて襲いかかろうとしていた剣呑《けんのん》なものが、急にはずまなくなったゴムボールみたいにすぱん！　と落ちてきた。できる限り小さく丸まって、予想される攻撃から身を守ろうと、ぴったり寄り添っていたピノピのすぐ傍《かたわ》らに。

気配に、ピノは恐る恐る目を上げた。

呼気がかかりそうなほど近くに、とっても小柄なヒトが床に片膝《かたひざ》をついて着地していた。

不思議な装束《しょうぞく》だ。濃い紫色で、てっぺんのところが五角形になっている頭巾《ずきん》をかぶっている。頭巾は口元も覆っているので、覗《のぞ》いているのは二つの眼《まなこ》だけだ。頭巾と同じ色合いのこれまたぴったりと身体《からだ》にフィットしたキモノを着て、背中にはカタナを二本背負っている。手の甲と脛《すね》のまわりには、薄いなめし革をぐるぐる巻き付けているような――それとも何かをはめたり穿《は》いたりしているのだろうか。

――ニンジャ？

そうです。ニンジャです。

まるわ弁当店のアヤコさんは、ここの地下十階の陣屋にいるというハンゾウさんを、――ニンジャだよ。名前からして、それしかないだろ。

と、あっさり片付けていた。ピノピにもあっさり片付けられていた。それというのも、ニンジャが何かということを、少なくともピノは知っていたからだ。「少年ジャンプ」を読んでますからね。

濃い紫色の装束のニンジャは、ピノを見ていなかった。ピノのすぐそばにある何かを、二つの眼で凝視している。鼻息が荒い。

おそるおそる目を転じて、ピノはニンジャの視線の先を追った。そこにはピピの手があった。ピピが両手で捧《ささ》げ持ち、拝むように額の上に掲げたまるわ弁当店の鑑札が。

「これは、アヤコ殿の鑑札だ！」

ニンジャがようやくまとまった発言をした。思いのほか若い声だ。

「もしや、おぬしらはアヤコ殿の使いか？」

両目を閉じて、ついでに息まで止めて、おでこの上に鑑札を掲げて固まっているピピは返事をしない。いや、できない。

「う、うん」

ピノは声を出した。いったんうなずき出したら首の上下運動が止まらなくなって、ピノはそのままがくがく続けた。

「ま、まるわ、べ、べ、べんと、の、アヤコ、さんから、はん、はん、ハンゾウさんに」

おお！　とニンジャは声をあげ、片方の拳《こぶし》と膝を床についてピノピに頭を下げた。

「これはご無礼仕《つかまつ》った！　ハンゾウはみどもらの頭領、まるわのアヤコ殿からの音信を、今日か明日かと待ちわびてござる」

ピピ姉——と、ピノは何とか片手を動かして、ピピの肩を揺さぶった。まだ首の上下運動が止まらないので、ピピを揺さぶりながら一緒になって揺れてしまう。

「目、開けて。息していいぞ」

ピピは片目を開き、その目を閉じて反対側の目を開け、今度は両目を瞠《みは》った。

「わ！　ニンジャだ！」

ピピもジャンプの読者だった！

「本物？　ホントにニンジャ？」

ミーハーに舞い上がった拍子に手から鑑札を離してしまい、それはひらりと宙に浮いた。ニンジャが素早く手を伸ばし、鑑札をつかみ取る。と思ったら、わなわな震え始めた。

「か、カンゲキでござる」

アヤコ殿の鑑札をこの手にできるとは――と、目を潤ませている。

「そ、それ、しょうしん、し」

ピノは自分の手で自分の頭を押さえた。上下運動が止まった。

「正真正銘の本物だよ。まるわ弁当店のアヤコさんから、直々《じきじき》に預かってきたんだ」

途端に、ニンジャがぴょんと跳び上がった。ピノピも跳び上がりそうになった。

「何と！」

ニンジャの動作の素早いことといったら、瞬《まばた》きしただけで追いつけなくなる。一瞬の半分ぐらいのあいだに鑑札を丁寧に床に置き、そこから飛び下がって床に正座したのだ。

そして、額をくっつけるようにして拝礼した。

「アヤコ殿が手ずからおぬしらに？　もったいなやもったいなや！」

ぺこぺこしながら感涙にむせんでいる。なるほど、弁当屋のアヤコさんの言葉は真実だった。ここのニンジャにとっては、あのおばさんは確かに、もったいないような有名人なのだ。

ピノピは顔を見合わせて、ようやく普通に息をした。しゃがんでいたピピが、ぺたりと床にへたりこんだ。

「ああ、よかった……」

「ピピ姉が鑑札を出してくれたおかげだ」

「だって、ほかには何にもなかったから」

それにしても、アヤコさんの説明は簡便に過ぎた。ニンジャに出会ったら〈すぐ〉鑑札を見せろというだけじゃ足りん。ナノ秒《セカンド》のうちに見せろ、そうでないと首すっぱりだぞと言っておいてくれなかったら、こっちだって心の準備ができないじゃないか。

「あの、オレたちハンゾウさんに会いたいんだけど……」

我に返ったように、ニンジャはがばりと身を起こした。最初と同じように、片方の拳と膝を床につく。

「あいわかった！　頭領のもとには、拙者《せっしゃ》がお二人をご案内仕る。ささささ、立たれい！　いざこちらへ！」

力強く言い放ったと思うと、また壁に向かってジャンプしようとするので、ピノピはニンジャの装束に飛びついた。危ういところで間に合った。

「すみません！」

「フツーに歩いて！」

「おろ？」と、ニンジャは間抜けな声を出した。「おお、そうか。重ね重ね失礼仕った。

おぬしらはアヤコ殿の弟子ではないのだな」

弟子なら、ニンジャと同じようなことができるっていうのか？　ってことは、弁当屋のアヤコおばさんも壁を蹴って飛んだりできるってこと？

「あたし、ピピっていいます。こっちは弟のピノ」

ニンジャの装束の裾《すそ》をしっかりとつかんだまま、ピピが言った。

「二人でフネ村から出てきたばっかりなの」

そうそう、とピノも追っかけて言った。「オレたち、一応は伝説の長靴の戦士なんだけど、まだ新米なんでヨロシク」

ニンジャには、伝説の長靴の戦士も関係ないようだ。驚きもしない。

「左様か」

うなずいて、口元の覆いの下で、にっこりと笑ったように――見えた。

「拙者はジュウベエと申す。頭領の百七十八番弟子でござる。以後、よしなに」

百七十八番目でこの感じだとすると、一番弟子はどれくらいのスピードなんだろうと思いつつ、ピノはやっとこさ立ち上がる。そのとき、ピピのリュックに目が行った。

「留守　こわいので帰ります。」と貼り紙が！

トリセツの役立たず度も一七八パーセントだ。

地下十階の陣屋は巨大だった。

まだ王様の居城の大きさをじっくり体感していないピノピだから、きわめてあてずっぽうな感想ではあるけれど、ハンゾウの陣屋はお城の一階部分と同じぐらいの広さがあるのではないか。地下十階は天井も高く、陣屋のところどころは二階建てになっている。

あちこちで湯気や薄い煙が漂い、洗濯物が干してあったりして、生活感も濃い。

ジュウベエの案内でここへ降りてくるまでのあいだ、あちこちでボッ・モンスターたちを見かけた。通りがかりにジュウベエが、

「皆のもの、まるわ弁当店からのお使いじゃ。間もなく食糧の供給が再開されるぞ」

と触れ歩いたので、みんな安心して物陰から姿を現したのだ。そのなかには、見かけは結構ダークで凶暴そうなのも交じっていたけれど、

「助かった～」

「命拾いだぁ」

なんて、てんでに手に手を取り合って喜んでいるので、迫力はなかった。

それくらい恐れられているニンジャが、この巨大な陣屋に二百人から居住しているわけだ。で、みんなで腹を減らしていた。

「こちら側は搦手門《からめてもん》での。見苦しくて申し訳ない」

洗濯物の列に、ジュウベエが頭巾の頭を掻《か》いた。

「カラメテモン？」

「裏門という意味でござる」

ピノピがまだわからないでいると、ジュウベエは親切に言い直した。「勝手口じゃ」

ジュウベエが声を張り上げてまるわ弁当店からの使いの到着を告げると、陣屋のなかから歓声があがった。と思ったら、わらわらと駆け出してきた色とりどりの装束のニンジャたちに取り巻かれ、気がついたらわっしょいわっしょいと運ばれていたピノピである。

「頭領は？」

「道場におられる！」

というわけで道場という場所へ。だだっぴろい板敷きのひと間で、左右の壁には様々な武具が掛けてある。正面には一段高くなっている部分があり、その奥の壁に掛け軸がひとつ掛けてあった。

〈明鏡止水〉

その四文字が、墨の色も鮮やかに記されている。

頭領の姿は見えない。

「頭領、まるわ弁当店のアヤコ殿から使者が遣《つか》わされて参りました！」

ジュウベエが声高々と呼ばわる。

板敷きの中央、正面の一段高い場所に正対する位置に、ぽんと据え置くように着地させられて、ピノピは自然と正座した。

すると。

〈明鏡止水〉が爆発した。

掛け軸を突き破り、その奥から何かが飛び出してきたのだ。とっさに仰《の》け反《ぞ》るピピと、跳び上がって逃げ出しかけるピノの目の前で、飛び出してきたものはびゅん！　と天井まで舞い上がり、道場の天井や壁のあちこちで音もなく跳ね返ってぐるりと一周すると、正面の一段高いところの上空で一回、二回、三回宙返りしてからぴたっと着地した。

真っ黒な装束を着けたニンジャが、そこに端然と座していた。頭巾はない。だから白髪頭としわしわの顔がよく見えた。ふさふさした眉毛《まゆげ》と、先端が床にくっついてしまいそうな長い長い口髭《くちひげ》も真っ白だ。

頭領のハンゾウは、小さな小さなおじいさんだった。ピノより小柄だ。

いつの間にかピノピの後ろにずらりと居並んでいたニンジャたちが、一斉に平伏する。彼らの頭の列の上に、掛け軸の残骸《ざんがい》が紙吹雪《かみふぶき》みたいにひらひらと降ってきた。

ピノピは唖然《あぜん》として口を開けた。

「よく来てくれたのう」

口髭を動かし、ハンゾウは言った。

「アヤちゃんは元気かの？」

ピノピの口は開けっ放しだった。

つんつんと、ピノの背中を誰かがつっついた。ジュウベエだ。

「頭領がお訊《たず》ねじゃ。直答《じきとう》してよろしい」

ピノは口を閉じた。顎《あご》の骨がカクンと鳴った。ピピはまだ開けっ放しだ。

「えっと、はい、お元気そうでした」

そうかそうかと、ハンゾウは喜ぶ。喜んでいるんだろう。あんまり小さくてしわくちゃで、眉毛や髭に隠されている面積が多いので、表情がよくわからないのだ。

「頭領、さま」

何とか我に返ったのか、ピピが言った。

「毎回、ああやって登場するんですか？　掛け軸がもったいないのに」

十二歳にもなると、女はこういう細か

いことを気にするようになるのです。

「毎朝書き直すからの。手習いも大事な修行のうちじゃ」

訊《き》く方も訊く方だが、丁寧に答えてくれる方も、何かズレている。このまま脱線してゆくのも何なので、ピノは自己紹介をして、てきぱきと用件を語った。

ハンゾウの小柄な身体が揺れている。笑っているらしい。

「コレスケめ、またやりおったか」

アヤコおばさんのハッパ好きのご亭主の名前は、コレスケというらしい。

「是非もない。ひとつハンドルを回しに行くとしようか」

居並ぶニンジャたちがどよめいた。

「頭領？」

「御館様《おやかたさま》！」

「御自《おんみずか》らお出ましになるのですか？」

ここの関連のヒトたち、〈御自ら〉が好きだなあ。

「アヤちゃんお手製のハンドルじゃ。儂《わし》が回さずに誰が回す」

悠々と申し述べたと思うと、突然、頭領は一喝した。

「おまえらになど、指一本触れさせませんわ！」

申し訳ございませんとか、ははあとか、畏《おそ》れ入りましたとか口々に言いながら、ニンジャたちはさらに平伏した。

ピピは笑いをこらえている。

「ニンジャさんたち、面白いね」

どうかなあ。件《くだん》のハンドルはアヤコさんのお手製ではないだろう。作ったのは技師だ。

「ピノとピピと申したな」

「あ、はい」

「ハンドルまで行くついでに、儂がそなたらを送ってやろう」

またニンジャたちがさざめく。

「戻ったらアヤちゃんに、ハンちゃんは元気で、商売繁盛しておると伝えてくれるかの」

元気なのはわかったが、繁盛とはどういう意味かしら？

「ここ、何か商売をなさってるんですか」

ピピが訊いた。こういうところは早くも呼吸が合ってる双極の双子だ。

「そなたら、知らんの？」

「はい。アヤコさんからも聞いてないので」

「すると、この迷宮の存在意義も知らんのかな」

知らない。誰が何のためにこんな地下迷宮を造ったのかというのは、ピノお得意の根本的な疑問だった。

「長靴の戦士は、まだ世間知らずなのだな」

さすがに頭領は、長靴の戦士の伝説を知っているらしい。

「では」と、ハンゾウはつと右手を上げた。その指の先に、さっき破壊された掛け軸と同じものが下がってきた。天井のどこから現れたのかわからないが、書かれている文字は見えた。

〈月隠半蔵《つきがくれはんぞう》の正しい忍者養成所〉

「や!」

ひと声発して、ハンゾウは今度は左手を上げた。その指先にも掛け軸が降りてきた。

〈世界に届けよう　正しい忍者〉

ピノピの後ろに居並ぶニンジャたちが、声を揃《そろ》えて唱和した。「世界に届けよう!正しい忍者!」

そういうことでしたか。

「この養成所は、先代のモルブディア四世王の肝煎《きもい》りで造られたものでの。儂は十二代目の頭領じゃ。ちなみに先代頭領は儂の師で、霜柱小平次《しもばしらこへいじ》と申した」

冷たそうな名前である。

「そなたらは、ニンジャの何たるかを知っておるか」

「忍術を使う人たちでしょ」

「カンフーとか、武術も得意なんですよね」

ハンゾウの長い眉毛と口髭が下がった。

「正しいニンジャはカンフー使いとは違う。ニンジャの武術は忍道独特のものでな」

それに、ニンジャには必ずしも武術が必要とされるわけでもない、と続けた。

「そも、ニンジャとは間諜《かんちよう》じゃ」

「カンチョー？」

「その発音では別のものに聞こえるの」

スパイじゃ、と言い直した。

「闇《やみ》に忍び、政治の肝となる情報を収集する。必要とあらば情報の攪乱《かくらん》も行う。こちらから仕掛ける攪乱をインテリジェンス、仕掛けられてやり返す攪乱返しをカウンター・インテリジェンスという」

後ろのニンジャたちが「おう！」と応じた。

「潜入活動が基本であるからして、時には身を守るために武術が必要となることもある。さらに、孤独な仕事であるからして精神力が強くなくては務まらん。武術は気力を鍛える修行にもなるのじゃ」

ピノは鼻の頭を掻いた。「で、ここもそういう養成所のひとつなんですね」

「他所《よそ》とは違う。ここは正しい」と、ハンゾウは強調した。「世界はニンジャを求めておる。ニンジャは常に人手不足じゃ。それ故《ゆえ》に、間違ったニンジャを供給して金儲《かねもう》けに走る怪しい供給源もまた多い」

モルブディア四世はそれを憂《うれ》えて、王城の地下に正しい忍者養成所を造ったというわけなのだ。

「そしたら、ここで養成された正しいニンジャの皆さんは、どこに供給されるんですか」

ピピの質問に、ハンゾウは満足そうに二度もうなずいた。

「良い問いかけじゃ。正しいニンジャはどこに送られるか？」

場が、しんとした。

ハンゾウは重々しく答えた。「本物の世界じゃ」

ピピの質問に重きを置いていなくって、まだ鼻の頭を掻いていたピノも、これには目を剝《む》いた。「本物の世界？　オレらのいる、このボツの世界じゃなくって？」

ピピも身を乗り出している。「じゃ、ここは本物の世界と繋《つな》がってるんですか？」

「左様」

ハンゾウが手を上げて合図すると、ふたつの掛け軸がするすると巻き取られて消えた。

「儂が鍛える弟子たちは本物のニンジャだからの。本物の世界でこそ真価を発揮する」

「けど、迷宮に棲《す》みついてるのはボツ・モンスターばっかりでしょ？」

「あれはカモフラージュのために、儂らが育てて放っておるだけの、いわばペットじゃ」

非常事態の折には食糧にもなる。むしろ家畜というべきか。気の毒に。

「そなたら長靴の戦士が王都に入るなりアヤちゃんに出会い、ここに導かれたのは、故なきことではない。長靴の戦士は、ボツコニアンと本物の世界とを隔てている壁を取り払い、ボツコニアンを本物の世界へと創《つく》り変えるために選ばれたのだから、これからも、行く先々で本物の世界との接点に遭遇することじゃろう」

ハンゾウは悠々としゃべっているが、ピノにはまどろっこしい。

「これからも行く先々でなんて、そんな気の長いこと言ってられないんです。ここで用が足りるなら、手っ取り早い方がいいんだ。頭領、いえ御館様？　どっちでもいいや。オレらを本物の世界に送ってくれませんか？」

ハンゾウの答えは簡潔だった。「駄目」

「え？　何で？」

「そなたらは正しいニンジャではないからの。契約違反になってしまう」

違反すると違約金が高い、という。王様もせちがらいが頭領もせちがらいのだ。

「じゃ、本物の正しいニンジャになればいいんでしょ？　修行すればいいんだよね」

ハンゾウの右の眉毛が持ち上がり、初めて目玉が覗いた。さっきまでは瞼《まぶた》を閉じていたのか、こうしてみると結構なギョロ目だ。

「修行するというのか？　そなたが？」

「オレじゃ無理ですか」

「二百年はかかるわな」

後ろのニンジャたちから同意の呟《つぶや》きがあがった。ピノは不満だ。思わず、口が尖《とが》った。

「そんなにかかる？　オレ、けっこうすばしっこいよ。ちゃんと訓練すれば」

突然、ピピがピノの腕をつかんだ。「し！　黙って」

「何だよピピ姉。自己プレゼンは大事なことなんだぜ。就活にも必須《ひっす》――」

「静かにしてってば！」

何か臭い、とピピは言った。声を押し殺し、目つきが鋭い。

「さっきから変な臭《にお》いがするの。御館様、ニンジャの皆さんも気づかない？」

ハンゾウを筆頭に、ニンジャたちも鼻をひくひくさせ始めた。

「このところ、モンスターを狩って鍋《なべ》にしておるからの。ケモノ臭いのでは――」

そのとき、ピノも気づいた。泥の臭い。ヘドロみたいな臭いだ。同時に、胸のペンダントが震えているのも感じた。

「何か来るよ！」

ピピが叫び、ニンジャたちが一斉に身構えたそのとき、道場の外から女子供の叫び声が聞こえてきた。それを打ち消すような、猛々《たけだけ》しい咆哮《ほうこう》も。

第３章
王都の秘密・５

ピノピの髪の毛が逆立った。恐怖のせいではない。周囲にいたニンジャたちが一斉に道場の床を蹴《け》って跳び上がったために生じた上昇気流のせいだ。

「あれ、何？」

ピピが叫んだ。視界の先に、道場の出入口の引き違い戸がある。開けっ放しになっていたはずのその扉の先が、今、何だか面妖《めんよう》で巨大なもので塞《ふさ》がれている。

しかも、もンの凄《すご》く臭《く》っさい！

「ものども敵襲じゃ、出合え！」

ニンジャたちがジャンプして、その臭っさくて面妖なものに突進していく。再び咆哮《ほうこう》が轟《とどろ》き、悲鳴が飛び交った。

「あれ何よ？」

尻餅《しりもち》をついてしまったピピを助け起こし、ピノは叫んだ。「タコじゃねえ？」

そう、でっかいタコの脚だ。一本、二本、いや五本？　どれもどどめ色のぶよぶよとした肉の塊《かたまり》で、数え切れないほどの吸盤がついている。そのひとつひとつがうごめいて、開いたりすぼんだりしている。いくつかの吸盤には、ニンジャの家族たちなのであろう女性や子供たちが捕えられていて、泣き叫んでいた。脚の先っちょに巻き取られてぐったりしている子供も見えた。

「おなごらを助けよ！」

ハンゾウの叱咤《しった》を受けるまでもなく、ニンジャたちは果敢に攻撃を始めていた。それぞれが得物《えもの》を繰り出して攻めたてる。小刀や手裏剣、投《な》げ槍《やり》に鎖鎌《くさりがま》、何だ、やっぱりカンフー使いもいるじゃんか！

攻撃を受けたタコは雄叫《おたけ》びをあげて道場の板張りの壁と扉を粉砕した。飛び散る破片をかいくぐり、さらにニンジャたちは攻撃を続ける。

が、全然効いてるふうがない。

「ニンジャは非力なんだよ！」

ちっちゃいからね。

「あのタコが頑丈なのよ！」

ぶよんぶよんの脚は、意外に強靭《きょうじん》な筋肉で構成されているらしい。巨大タコが一本の脚をぶるんとふるうと、寄ってたかって斬《き》ったり刺したり攻め立てていたニンジャたちの一群が、芥子粒《けしつぶ》みたいに吹っ飛ばされて道場のなかに降ってきた。

「ピピ姉、こっち！」

ピノはピピの手を取り、ハンゾウが座していた上座の方へと引っ張った。だがピピは足を踏ん張って抵抗する。

「みんなを見捨てて逃げられないわよ！　あの人たち、食べられちゃう」

巨大タコの吸盤はひとつひとつに顔があるだけでなく、どうやら口もあるらしい。それらがぐにぐにとうごめくと、牙《きば》が生《は》え揃《そろ》っているのも見えた。いつかのトリセツみたいだ。

「あれ、ただのタコじゃねえぞ」

自分の顔から血の気《け》が引いてゆく音を聞きながら、ピノは呻《うめ》いた。あんなもんがタコであるもんかい。

「じゃ、何なのよ？」

完全にへっぴり腰になってるが、闘争心だけは前のめりなもんで歯を剝《む》き出して、ピピが叫ぶ。そのとき、うごめく脚と無数の吸盤のあいだから、タコまがいの怪物の本体らしきものがちらりと覗《のぞ》いた。

金色の大目玉。そのまわりには、何の役に立つものか不明だがとりあえず睫《まつげ》ではなさそうな、不健康な色合いのべろべろした肉片が垂れ下がっている。さらにその下にはぱっくりとした裂け目。

「じゃげえええええ！」

裂け目が開いて怪物が吼《ほ》えた。血の色をした舌が飛び出して、ニンジャを二、三人巻き込むと、瞬《また》く間に呑《の》み込んでしまう。

水気の多そうな巨大な怪物。あれは脚じゃなくて触手なんだ。そんで目玉が金色で――となったら、とりあえず確定だろう。

「あれ、クトゥルー系のモンスターだ！」

いろんなゲームに流用されてますからねえ。ボツ率も高いわけです。

「あんなもんと素手で戦うなんて無理だよ。いったん退却しなくちゃ」

「どこへ逃げるっていうの？」

ハンゾウが登場した掛け軸の裏には、きっと隠し通路があるはずだ。そうでなきゃ出てこられっこない。

「ほら、早く！」

せきたてるピノに引きずられながらも、ピピはペンダントに指をあてて魔法を繰り出そうとするのだが、取り乱しているから、てんで駄目だ。とうとうピノはピピを引《ひ》っ担《かつ》いで、上座に突っ走る。

「ひるむな！　攻撃は効いておるぞ！」

どこにいるのかわからないハンゾウの声が響き、ニンジャたちがわらわらと攻めると、そのたびに触手が波打つように動いて彼らをなぎ倒し、吹っ飛ばし、ついでに吸盤に捕えられていた女子供たちも飛ばされる。

やっぱり、掛け軸の裏には跳ね戸があった。ピノはそれを蹴っ飛ばして開けると、その奥の暗がりにピピを投げ込んだ。自分も続こうとした瞬間、またニンジャたちの一群が吹っ飛ばされてきて、勢い余った怪物の本体も道場のなかに倒れ込んできた。

うへ、頭が三つある。つまり三体だ。

「クトゥルー系の皆さんだ！」

律儀に訂正しておいて、ピノも跳ね戸の向こうに飛び込んだ。

ごろごろごろ。

転がり落ちて着地した先は、四畳半の座敷だった。ちゃぶ台と座布団と火鉢。ハンゾウの私室らしい。

「痛《い》ったぁい」

頭をさすりながら起き上がると、ピピが頭上を仰ぐ。ここは道場よりもさらに深い位置にあるので、進行中の阿鼻叫喚《あびきょうかん》が上から聞こえてくるのだ。天井から埃《ほこり》も落ちてくる。

「どうしよう？　どうする、ピノ」

ちゃぶ台や火鉢は役に立たない。

「何か武器を探そう。ピピ姉、ペンダントに触っててくれよ。役に立ちそうなものがあれば、ペンダントが教えてくれる」

もっとあてになる（はずの）トリセツは、依然として留守のままである。

唐紙《からかみ》を開けて四畳半を出ると、その先には廊下があった。これがまたやたらと入り組んでおり、せっかちにあちこちで右折左折している。ピノピはドタバタと駆け抜ける。

「行き止まりだわ！」

と思ったら壁がどんでん返しになっていて、そのまま突き抜けて、また廊下。

「何なのよ、これ」

「ペンダントに反応は？」

「わかんない！」

ずしん、ずしんと、頭の上から重低音が響いてくる。頭上でクトゥルー系の皆さんが暴れているのだ。建物そのものが震えている。一方でニンジャたちの気合いの入った声も聞こえるから、まだ全滅はしてないのだ。

「あ、出口じゃない？」

廊下の正面に片開きの引き戸が見える。ピノピは突進した。と、足元の廊下がすとんと下がって滑り台になり、またぞろごろごろ転がり落ちる羽目になった。

今度到着した場所は物置だった。何と、迷宮の隠し扉のなかで見かけた宝箱と同じものが、壁を埋め尽くしてぎっちりと積み重なっている。パッと見ただけでは、いくつあるかわからないほどだ。

「あの宝箱も、ハンゾウさんたちが置いてたのね」

「ここから補給してたのか」

さっそく開けてみようと試みたが、言葉の綾《あや》でなく本当にぎっ、ち、り積んであるので、指先どころか爪《つめ》さえかからない。宝箱は引き出し式ではないから、蓋《ふた》が開けられないと中身を取り出せない。職人芸的な積み方だけど、これじゃどうしようもない。

「これじゃ、作者の本棚みたいだ！

すみませんね。背表紙が見えれば用は足りるから、いいんですよ。

「しょうがねえなあ。どうやってこんなふうに積んだんだ？」

解けない謎《なぞ》を残し、ピノが吐き捨てて出口の扉に向かおうとしたとき、宝箱の列と側壁の狭い隙間《すきま》から、何かがことんと倒れかかってきた。

「魔法の杖《つえ》だ！」

飛びついて、ピピが拾い上げた。ペンダントでチェックしてみると、確かに、ジュウベエに遭遇したときにすっぱり斬られてしまったのと同じ種類の杖だった。

「これで宝箱に命令するんじゃない？」

勇んで杖を握りしめ、「休め！」と、ピピは命令した。

しぃん。

宝箱たちは動かない。

「休めって言ってるのよ！　それとも言葉が違うのかな」

ずずん、とまた重低音。今や女子供たちだけではなく、ニンジャたちも雄叫びではなく悲鳴をあげ始めている。

「ぐずぐずしてられないよ。先に進もう」

名残惜《なごりお》しそうなピピを引っ張り、物置を飛び出すと、そこからは廊下が左右に分かれており、左手に続く廊下の先にはひときわ頑丈そうな格子戸があった。ピノは迷わずそっちに走った。

格子戸は重い。ピノピは二人がかりで、うんうん唸《うな》りながら、押したり引っ張ったりする。その間にも、ハンゾウたちの陣屋のカタストロフは進行している。後ろで、天井板が派手にぶち壊されて落ちてきた。

「ここ、もしかして武器庫かな？」

やっと開いた三十センチほどの隙間をすり抜けて、まずピピが、そしてピノが入室。

途端にピノはピピに激突した。

「何で突っ立ってンだよ！」

ピピはただ突っ立っているのではなかった。凍りついていた。

そこは道場よりも広かった。ぶち抜きの広間に、無数の木箱が整然と並べられている。これまた数え切れない。木箱といっても宝箱のようなものではなく、むしろ木枠と呼んだ方が正しい。ピノピの身の丈ぐらいありそうな木の枠に細かな格子がはまっており、そのなかで、さらに無数の小さなものたちがゆるゆる動いていた。

「ピピ姉？」

室内はむっとするほど暑く、ピノはたちまち汗ばむほどだ。なのにピピは真っ青になって震えている。

「どうしたんだよ」

これ——と、ピピは呻いた。

「わ、わ、わらわらだ」

「誰も笑ってねえよ。そんな事態じゃない、と言おうとしたら、いきなり頭をはたかれた。

「わらわらだって言ってるのよ！」

どっかで聞いたことがある言葉である。そっか、王都まで荷馬車に乗せてくれた親切なおっさんが言ってたのだ。

——織物の素《もと》になる〈わらわら〉。

格子戸から推察したとおり、この広間は特に造りが頑丈であるらしく、外の騒ぎがまったく聞こえてこない。室内には暖気と湿気と静寂が満ちており、それを破るのはピピの歯の根が合わずカタカタ鳴る音と、木枠の格子のなかでゆっくりと動いている小さなものたちが時折放つ、しゅうしゅうという囁《ささや》きのような音だけだ。

「〈わらわら〉って」

ピノは手近な木枠に歩み寄り、格子のなかから小さなものを一匹、つまみ出した。

「イモムシなのか」

これまで聞いてきたすべての怒号と悲鳴をさっ引いてもまだお釣りがくるような声で、ピピが叫んだ。

「こっちに持ってこないでええええ〜！」

女の子はイモムシが嫌いですよね。

「でもこれ、おとなしいぞ」

ピノにつままれても、抵抗しない。半透明の緑色の身体《からだ》に、目もないし触角の類《たぐい》もないようだ——と思ったら、わらわらがピノの指に巻きついた。

くすぐったいような感触だ。わらわらの頭——こっちが頭だったか——が、ピノの指に吸いついたのだ。

「口はあるんだな」

ピノはわらわらを元の場所に戻した。さっき叫んだまんまの格好で固まっていたピピが、涙目になりながら解説した。

「わらわらは雑食なのよ。何でも食べるの。そうして糸を吐いて繭《まゆ》を作るの」

その繭を茹《ゆ》でてほぐすと、一本の糸に戻る。強くて光沢があってどんな染料にもよく馴染《なじ》む、上等な糸に。

「それで織物を作るのかぁ。納得」

ここは〈わらわら〉の飼育場なのだ。

「ハンゾウさんたち、世界にニンジャを供給して儲《もう》けてるだけじゃなくて、わらわら飼育でも稼いでたんだな」

根っこが生えたみたいに動けないピピを残して、ピノは木枠のあいだを歩き回って観察した。そこここに作業台とか、わらわらの餌箱《えさばこ》らしいものがある。箱によって中身は違い、木の葉が一杯詰まっていたり、細く切ったケモノの皮が山盛りになっていたりした。本当に何でも食べるらしい。

壁に貼り紙がある。子供でも読めるような大きな字で、こう書いてあった。

「わらわら様は　わたしたちのたいせつなざいさんです　だいじにおせわしましょう
わらわら様はくいしんぼうなので　えさをあげるじかんを　まもりましょう
えさをあげすぎると　わらわら様はびょうきになってしまいます

へやのおんどをたもちましょう　わらわら様はさむがりです
へやのしつどをたもちましょう　わらわら様は　かんそうがきらいです
わらわら様をおせわするときは　てをあらいましょう」

ふうん——と、ピノは思った。

で、閃《ひらめ》いた。

「ピピ姉、さっきの杖、構えて」

使役魔法がなぜかしらレベル5の杖だ。

「か、構えてって？」

「いいから構えて」

ピノは両手を腰にあてた。

「では、リピート・アフター・ミー」

宝箱には駄目でも、わらわらには通じるかもしれない。

「わらわら、止まれ！」

わらわら、と発音するのも嫌そうなピピは、蚊の啼《な》くような声で復唱した。が、通じた。木枠のなかでゆるゆるしていたわらわらたちの動きが、ぴたりと止まった。

「やったぜ」

広間の反対側には、やっぱり頑丈そうな出入口がある。ピノはそちらに向かって後ずさりしながら、ピピを手招きした。

「そのまま前進、前進。わらわらは止まってるんだから、怖くねえだろ？」

ピピは吐きそうだ。「嫌だよう」

「ぐだぐだ言ってて集中が切れると魔法も切れて、わらわらが動いちゃうぞ」

ピピは泣き泣き前進を開始した。わらわらのど真ん中を通過する。まわりを見たくなくって途中で目をつぶったら、真《ま》っ直《す》ぐ歩けなくて木枠にぶつかりそうになる。ピノはあわてて手を添えて誘導した。

「はい、ストップ」

二人は出入口に到達した。

「わらわら、戻れ」

使役魔法で、わらわらはまた動きを取り戻した。

「何とか通り抜けられたね」

ほっぺたを涙で濡《ぬ》らすピピには、事の重大性がわかっていないらしい。ピノはにんまりした。

「ピピ姉、ここから出たら、格子戸の前で待ってて。オレが合図したら、わらわらにまた使役魔法をかけて、動かすんだ」

「どういうこと？」

「まあ、待っててよ」

広間から出ると、階上にあがる階段が目の前にあった。阿鼻叫喚の響きも再び。だいぶ切迫してるのか、陣屋のあっちこっちが破壊されているらしい物音も入り交じる。ピノは階段を駆け上がった。

そこはニンジャたちの家族の居住スペースだった。住人たちが逃げ去って、生活備品が散乱している。ピノは廊下を駆け抜ける。クトゥルー系の皆さんと戦闘中のニンジャたちの怒声が近くなってくる。

台所を通り抜けた。そのついでに、乾燥させた豆が入った布袋をひとつ拝借して、小《こ》脇《わき》に抱え込んでさらに走った。

どどん！　右手の壁が抜けてクトゥルー系の皆さんの触手がでろんと飛び出し、そこにまたがって戦っていたニンジャたちが転がり落ちる。その一人はジュウベエだ。

「ジュウベエさん！　いいとこに来た！」

ジュウベエの装束《しょうぞく》はぼろぼろになり、どどめ色の返り血を浴びている。頭巾《ずきん》も破れている。逆手に持った小刀で追いすがってくる吸盤のひとつを突き刺すと、

「ピノ殿！」と、しゅたっと着地した。

「ご無事だったか！」

「うん！　ジュウベエさん、この陣屋に風呂場はある？」

「もちろんござる」と言いながら、ジュウベエはまた別の吸盤をすぱりと斬り捨てた。

「こやつら、斬っても斬っても新しいのが生えてくるでござるよ！」

「風呂、沸いてる？　あったかくて湿気《しけ》ってる？」

「我らの風呂場は二十四時間営業でござる！」

仲間の一人をくわえ込もうとする触手に、ジュウベエは果敢に斬りつけた。ぶち抜かれた壁の向こうはクトゥルー系の皆さんの巨体に占拠されている。三つの頭が触手のあいだを出たり入ったりしながら吼え立てている。

「じゃ、こいつを風呂場に連れていこう。どっち？」

すぐそこ、とジュウベエが指さす。ピノは襲いかかる触手をくぐり抜け、次の触手を飛び越えると、大声で叫んだ。

「おらおら、クトゥルー系の皆さん！　おこんにちは！」

派手にあかんべえをした。クトゥルー系の皆さんは神様の一種なので、人間にバカにされるのは嫌いである。

「じょげえええええ〜！」

激怒して襲いかかってくる。ピノは尻に帆をかけて逃げ出した。ジュウベエも壁を蹴って続く。まだ戦闘能力の残っているニンジャたちも、クトゥルー系の皆さんにしがみついて移動する。

走ったり飛んだりくぐったり、時々うしろでジュウベエが吸盤を斬り捨ててくれる。ニンジャたちに噛《か》みつこうとする吸盤に、ピノも小脇に抱えてきた布袋の中身を投げつけた。豆粒攻撃だ。

陣屋の通路を破壊しながら、何とか風呂場までたどり着いた。「男湯」と「女湯」の暖簾《のれん》が場違いにのどかだ、と思ったら、ピノの頭越しに攻撃してきた触手が、暖簾もろとも風呂場の扉を粉砕した。

どっと暖気と湿気が寄せてきた。ピノは急ブレーキをかけると、小脇に抱えていた布袋に手を突っ込んだ。

「はい、おやつ！」

また豆粒攻撃だ。パッと飛び散る豆を、触手にくっついた無数の吸盤が意地汚く追いかけてゆく。豆粒はクトゥルー系の皆さんの目玉にも直撃、その隙に、ピノは触手に飛び乗って巨体の反対側に回った。

「ピピ姉！　わらわらを連れてこ～い！」

思いつきはいいが実行力が伴わないという失敗は、社会ではよくあることだ。大音《だいおん》声《じょう》でピピを呼んだあとの一瞬、ピノもそう思った。

いや、違う。やっぱ、無理だった？

「きゃあああああああああ～！」

作中で、オノマトペとか「！」「？」などの記号を多用してはいけないと、作者は駆け出しのころから厳しく教わってきたのですが、ここではまあ、堅いこと言いっこなし。およそ少女の声とは思えないような、腹の底にこたえるような悲鳴と共に、ピピが風呂場に走ってきた。その後ろには、使役魔法にかかったわらわら軍団が続いている。

わらわら、速い！

「ヤダヤダヤダヤダ～！」

ピピは自分の立場を忘れ、わらわらから逃げたい一心で、クトゥルー系の皆さんへ突撃だ。それに従うわらわら軍団も突撃だ。

「わらわら、飯だぞ！　たっぷり喰《く》え！」

ピノの声に使役魔法の力はないが、暖気と湿気に元気づき、食い物の匂《にお》いに誘われたわらわら軍団には関係ない。雑食というより悪食《あくじき》の極みのこのご馳走《ちそう》に、軍隊アリの群れみたいに奮ってかぶりついた。いえ、動きはアリじゃなくてイモムシですが。

「しょげえええええ！」

クトゥルー系の皆さんの咆哮が、怒りから苦しみのそれへと変わった。大きな三つの頭にも胴体にも、でろでろの触手のすべてにも、わらわらがたかってむしゃむしゃ喰い始めたのだからたまらない。

「もっと喰え、いっぱい喰え、どんどん喰っちまえ！」

飛んだり跳ねたりして応援するピノと、呆然《ぼうぜん》とするニンジャたち。やがて、敗色濃厚だった彼らの顔にも笑みが浮かび始めた。

「おお、これは！」

「わらわら様が我らにお味方してくださるぞ！」

ただ食いしん坊なだけですが。

目玉を喰われて方向感覚を失ったクトゥルー系の皆さんが、木製の大きな湯船のなかにまろび落ちた。湯に洗われても、喰い進むわらわら軍団はしぶとく離れない。クトゥルー系の皆さんは、〈洗い〉にしても旨《うま》いのかも。白身なんでしょう、きっと。

ずぶずぶずぶ——やがて、力尽きたクトゥルー系の皆さんの巨体が湯船に沈み始めた。

巨体といっても、既に登場した際の半分以下のサイズしかない。こんな怪物にも骨格というものがあるらしく、白い骨が覗いているところがちょっと哀れだ。

「——どうしたの？」

まだ事態を理解していないピピは、わらわら軍団がクトゥルー系の皆さんに飛びかかったときにいた場所でしゃがみこんでいる。

「ピピ姉の使役魔法のお手柄ってこと」

そう言って、ピノはさりげなくピピの首筋に手を伸ばした。双子の姉さんに、嫌らしいことをしようというわけではない。そこに一匹、はぐれたわらわらが残っていたので、救助したのだ。

「なるほど、なるほど」

気がつくと、ピノピの傍らにハンゾウがいた。無傷な上に、装束にも長い眉毛《まゆげ》と口髭にも乱れがない。弟子たちを鼓舞するだけで戦ってなかったのか、それとも図抜けて強いのか、判定は微妙だ。

「やはり伝説は真実じゃ。長靴の戦士の叡智《えいち》は素晴らしいの」

しかし御館様《おやかたさま》、とジュウベエは心配顔だ。

「わらわら様が腹を下してしまわれますまいか？」

この後、どんな糸を吐くのか楽しみです。

第3章
王都の秘密・6

シュバババババッ！

のっけから擬音とデカ文字でありますが、これは作者が〈今回はてっとり早く行数をかせいでまとめちゃおう〉なんて企《たくら》んでいるせいではありません。

「上手《うま》い！　その感じ、そのタイミングでござるよ、ピノ殿！」

ピノは、ハンゾウの陣屋の中庭にあるニンジャたちのトレーニング場にいた。

ハンゾウの巨大な陣屋は、居住区画と業務区画の二つに分かれている。道場もトレーニング場も当然のことながら業務区画内にあり、道場もでかかったがトレーニング場はさらにでっかい。設置されているトレーニング機器も多種多様だし、限りなく実戦に近いシミュレーション・トレーニングができるスペースもある。これがまた二種類あって、ひとつが〈模擬戦闘場〉、もうひとつが〈模擬間諜《かんちょう》場〉つまりスニーキング・ミッション用だ。で、ピノは今ジュウベエの指導の下に、模擬戦闘場の一角で、手裏剣の投擲《とうてき》術を習っているのだった。

大食で悪食《あくじき》のわらわら様のおかげでクトゥルー系の皆さんの脅威を退け、すっかり平穏を取り戻した陣屋には、活気が戻っている。ハンゾウ自らがハンドルを回し、まるわ弁当店との流通ルートも復旧したので、食事の心配もなくなった。アヤコおばさんの旨《うま》い弁当で力をつけたニンジャたちは、怪物に太刀《たち》打ちすることができなかった自分たちの非力を恥じて、これまで以上に厳しい訓練に励むようになっている。今朝《けさ》、ピノピがハンゾウに挨拶《あいさつ》をしに行ったとき、道場にはこんな掛け軸がかかっていた。

〈常在戦場〉

ハンゾウはその文字を指さして、

「儂《わし》らはいつでもオッケーだぜ！　という意味じゃ」

と言ったけれど、微妙に違うような気がするのは作者だけでしょうか。

さて、手裏剣の投擲術に話を戻そう。手裏剣、皆さんも時代劇でご存じですよね？　トゲトゲして薄べったい歯車みたいなもの。

ニンジャが使う投擲武器には、ほかにも種類がある。〈くない〉という細身のナイフみたいなものや、金属製の金平糖みたいな〈まきびし〉などだ。〈くない〉は投げるだけではなく近接戦闘でも使える。〈まきびし〉は、それによって直接的に敵と戦うのではなく、足元にばらまいて敵の行動を邪魔したり、罠《わな》として仕掛けるためのものだ。

「どれから学びますか？」

ジュウベエに問われて、ピノは即行で手裏剣を選んだ。いちばんニンジャらしくてカッコいいと思ったからだ。

「かしこまってござる。では、こちらへ」

と、ジュウベエに連れて行かれたのは筋トレ場だった。えらい年会費をぶったくられる高級スポーツジム顔負けのトレーニングマシーンが揃《そろ》っており、それに交じって鉄棒や登り棒や跳び箱なんかもある。こっちは小学校の体育館みたいだ。

「手裏剣はどこ？」

「あれを的確に投げるためには、まず筋力と瞬発力をつけねばなりません」

ついでに準備運動もできるという。

以来、怪物襲来から今日までまる十日間、ピノは訓練に励んできた。短期集中トレーニングというやつですね。映画で忍者役をすることになった俳優さんが役作りでトレーニングするときだってもうちょっと日数をかけそうなもんだが、ピノはもともと山育ちで運動神経が発達しているし、長靴の戦士に選ばれたおかげで能力値にアドバンスがついたのか、みるみる上達した。先ほどジュウベエが褒《ほ》めてくれたのは、ピノがジグザグ移動しながら手裏剣を投げ、ランダムに地面から飛び出す標的の巻藁《まきわら》にすべて命中させたからだった。

「やったぜ！」

訓練用のニンジャ装束《しょうぞく》に身を包んだピノは、袖《そで》で顔の汗を拭《ぬぐ》ってひと息ついた。

「でもジュウベエさん、ニンジャのみんなは、上下移動もしながら手裏剣を投げるだろ？」

ていうか、いちいち「それはやめてね」と頼まないと、上下移動ばっかりしているヒトたちである。

「オレ、あれも習いたいな」

ジュウベエは、顔の半分を覆うニンジャ頭巾《ずきん》の下で、目元をほころばせた。

「そちらの訓練には、ピノ殿のために特別教官が待っておられます。まずは水平移動投擲スキルをマックスにするのが先でござる」

ジュウベエも、なかなか侮《あなど》れないゲームファン的表現をするものだ。昔、ニンジャたちのあいだで『ＦＦⅤ《ファイブ》』がブームになったことがあるのかもしれない。『ＦＦタクティクス』の方ってこともある。

一方、ピピは何をしているのか？

実はピノも知らないのだ。ハンゾウによると、双極の双子にして長靴の戦士の二人には、定められた役割分担があるのだそうで、それぞれにふさわしい訓練があるという。だから、朝ご飯を食べて別れると、夕ご飯の時間まで顔を合わせることがない。

ピノがちょっぴり気になるのは、そんなピピに何となく元気がないことである。訓練

は進んでいるらしく、

「あたしはねえ、魔法を習ってるの」

というシンプルな説明をするときは目が輝くのだが、それはどんな魔法で、具体的にどんなことができるようになったのかと問い返すと、

「あんまり言いたくない」

目をそらしてげっそりする。

怪物退治の直後は、二人とも怪我人《けがにん》たちが収容されている養生所で看護のお手伝いをしたのだが、そのときだってあんなふうに萎《しお》れてなかった。むしろ元気よく立ち働いていた。

——ま、本人が承知で訓練してるんだから、いいけどさ。

あっさり割り切り、再びセットされた標的にまたまたすべて命中させたピノが、得意満面でジュウベエの方を振り返ったそのとき。

「隙《すき》あり！」

声と共に背後から何かが飛んできて、手裏剣を握った手をおろしかけていたピノの右肩に、鋭いものが刺さった。装束に刺さり、ピノの皮膚には刺さらないという、絶妙の力加減だ。

キッとして振り返ると、その刺さったものが空を切って戻っていった。かちりと音を

たてて、もとの場所に収まる。飛んできたのはトリセツの葉っぱの一枚だったのだ。

もとの場所とは、トリセツ。

「お久しぶりですね、ピノさん」

「おまえ、今ごろ出てきて何言ってンだよ！」

「ですから、お久しぶりだと申し上げているのですよ」

「ずっと留守だったくせに」

トリセツは両方の葉っぱを軽く開いて、ぱたぱたさせた。「心外な。陣屋に着いてからは、わたくしはハンゾウさんのそばにおりました。ハンゾウさんとは茶飲み友達ですからね」

トリセツ、茶を飲むのか。

「お二人が訓練しているあいだは、わたくしがおそばにいたって邪魔でしょう」

クトゥルー系の皆さんと戦ってるときも、邪魔だったってわけ？

「それよりピノさん、ハンゾウさんがお呼びですよ。わらわら様が糸を吐いて繭《まゆ》をこしらえ始めたそうです。とても珍しい色合いの糸なので、一見の価値ありだそうです」

おお！　とジュウベエが感動した。「それはぜひ拝ませていただかねば！」

あのぐねぐねした怪物を三体も喰《く》らいつくしたわらわら様の吐く糸である。あとで風呂場を掃除しながらよく確認したら、怪物たちは骨の一部まで喰われていたそうな。ピノは見たいような見たくないような、見たくない方がちょっと優勢勝ちのような気分で、ジュウベエに急き立て《せ》られて、わらわら様のお部屋に向かった。

階段のステップの縁《へり》に、向こうずねをぶつけたと思ってください。いわゆる弁慶の泣き所ですね。そこをぶっつけて、たっぷり五分以上は声もなく悶絶《もんぜつ》するほど痛かったと思ってください。そこに湿布を貼り、ひと晩が経過し、翌日おそるおそる剝《は》がしてみたと思ってください。

あなたの向こうずねには、見事な青たんが出現しているはずです。ぶつけたところの中心部ほど色が濃く、周辺に向かって徐々に紫色や赤色に変わってゆく、グラデーションがついた青たん。

わらわら様は、まさにそんな色合いの繭を作り始めていた。

ジュウベエのニンジャ頭巾の、鼻と口を覆う部分に染みができている。感涙にむせんでいるからだ。

「これは——何と美しい！」

そうかなあ。

「わらわら様の糸は、はるか昔から、儂らにとって有り難い財源じゃ」

傍《かたわ》らに立つハンゾウが、重々しく言う。

「儂らとわらわら様のお付き合いの歴史は永い。その歴史を顧みても、この色合いのものは一千年に一度しか現れん」

わらわら様のお世話係たちは、ハンゾウがここにいても、挨拶だけ済ませると作業に戻っている。わらわら様は繭を作り始めると餌《えさ》を食べなくなるが、清潔な環境下でないとしっかりした繭が作れないし、温度と湿度の管理はよりいっそう大事になるそうだ。

「これ、高く売れるの？」

きわめて即物的なことを訊《き》くピノだ。

「これらの繭をすべて糸にして問屋におろしたならば、儂らの陣屋をもう一軒建てることができるじゃろう」

「それ、建物だけ？　それとも設備も全部こみで？」

意外と細かいピノである。

「もちろん、全部こみこみじゃ！」

長い眉毛《まゆげ》と髭《ひげ》のせいで顔のほとんどが隠されているハンゾウだが、皺《しわ》っぽい頬が少し紅潮している。

と、ピノたちが入ってきたのとは反対側の出入口が静かに開いて、紅色の装束を着たニンジャと、ピピが入室してきた。

「ピピ姉！」

ピノが手を上げて呼びかけると、部屋中で立ち働いているお世話係たち全員が、一斉に口元に指をたてて「しぃ〜！」と言った。ピノは首を縮めた。

「す、すみません」

ピピと紅色のニンジャは、足音もたてずにこちらへ近づいてきた。わらわら様が群棲《ぐんせい》している部屋のなかだが、今はみんな繭になりかけているので、気味悪さ度合いも低いのだろう。ピピはちょっと腰が引けているが、足取りは確かだ。

「すごい色になったね」

声をひそめて、ピノに言った。

「この糸で布を織って、王様の新しいローブを作るんだって。王様、今着ているローブは王様のひいお祖父《じい》さんの代からのものだから、新しいのが欲しかったんだって」

「へえ。誰に教わったの？」

ピピは答えた。「王様」

ピノは姉さんの顔を見た。

「ピピ姉、王様に会ったの？」

「うん」

「いつお城に行ったんだよ。行くんならオレにもひと声かけてくれたっていいじゃんか」

ピピはまわりをはばかりながら、ひそひそと笑った。「そんな水くさいこと、するわけないじゃない。王様がここに来てくださったのよ」

「いつ？」

「今」

なう？

「儂はここにおるぞ」

ピピの後ろのどっか下の方、ピピの腰のあたりの高さで声がした。ハンゾウの声だ。が、ハンゾウのはずはない。頭領はピノの隣に立っている。

「ここである」

ピピの背後から、もう一人のハンゾウが登場した。装束も、背格好も眉毛と髭の長さも、その垂れ下がり具合までハンゾウに瓜二つ《うりふた》。違っているのは、こっちのハンゾウはよく使い込まれて艶《つや》やかな飴色《あめいろ》になった杖《つえ》をついており、装束が柄物だということだ。

「儂がモルブディア国王である」

「儂ら、双子の兄弟なのじゃ」

口々に言われて、にわかには信じられないピノだけれど、目を近づけてもう一人のハンゾウの装束の柄を見た瞬間に、納得するものがあった。

算盤《そろばん》の柄だ。金勘定にうるさい、我らが国王。間違いない。

とっさに言うべきことが見つからず、ピノはどうでもいいような細かいことを訊いた。

「今、マント着てませんね」

「ここへ降りてくるときは、僕も国王ではなく、ハンゾウの兄であるからな」

「そのわりには金に厳しいが」

「金は金。我らは国の杜なのだから、きっちりしておかねばならん」

双子の兄弟で、兄さんが国王で弟がニンジャの頭領。その頭領の生業《なりわい》はわらわら様飼育業と正しいニンジャの養成業で、それで稼いで国庫を潤す、と。

「建国以来、僕らの一族は、この二重構造で国を栄えさせてきたのだぞ」

疑似中世ヨーロッパ風の王都を構え、疑似中世ヨーロッパ風のお城で王座に就いている王様は、ニンジャの一族でした。

「ピノ、王様はあたしの魔法の先生なの」

これまたビックリだ。

「王様って、ニンジャの一族なのに魔法使いなのか？」

少しは敬語というものを学んだ方がいいと思われるピノである。

「ニンジャの使う術と魔法使いの魔法は、呼び名こそ異なれど、もとは根をひとつにするものじゃ。僕らの一族は、その二つを合成し、より効果の高い、新しい術を編み出してきたのじゃが」

ニンジャの一族らしく、王様は今でも〈術〉と称するのがお好みだけど、

「ボッコニアンには数多《あまた》の異文化が混在しておるのでな。〈魔法〉の方が一般的じゃ。よってそちらに統一しておる」

校閲さんみたいに几帳面《きちょうめん》な王様です。

それにしても、王様直伝《じきでん》の魔法とは凄《すご》い。

「ピピ姉、どんな魔法を習ったのさ？　教えてくれよ」

ピピの眼差《まなざ》しが急に曇った。ずっと静かに佇《たたず》んでいた紅色のニンジャ（間近で見ると女性だった）が、くすりと笑った。

「——見たい？」

「うん、見てみたい」

ピピは涙目になった。服の袖でその目を拭う（書くのを忘れててごめんね、タカヤマ画伯。ピピはいつもの服装です）と、しゃんと顔を上げる。

「いつまでも嫌ってちゃいけませんよね？」

王様を見おろして問いかける。立場的には見上げなくてはならないのは百も承知だが、この場合は仕方ないのでお許しください。

「だんだん慣れるものじゃ。安心せい」

王様の言葉に、ピピはうなずいた。

「魔法の訓練部屋は、この階にあるの。行こう」

着々と青たんグラデーションな繭を作るわらわら様から離れて、ピノピは移動した。

魔法の訓練部屋は道場に似ていて、道場よりはひとまわり小さい。目立つ特徴は、左右の壁が一面の鏡になっていることだ。

ここに着くと、ジュウベエと紅色のニンジャが手際よく床几《しょうぎ》を据えてくれて、ハンゾウとピノはそこに並んで腰掛けた。王様とピピは訓練部屋の上手に並んで立った。ピピが右手を後ろにまわし、あの魔法の杖を取り出した。今までズボンの腰のところに突っ込んでいたのだ。手慣れた感じである。

「ではピピや」と、王様が言う。

「はい」ピピはうなずく。

「やってごらん」

今度は無言でうなずくと、ピピは杖を構えた。杖のてっぺんを目の高さに掲げて、腕を伸ばす。そして声を張り上げた。

「使役魔法第一、行きま〜す！」

ラジオ体操をするアムロ・レイか。

「出《い》でよ、わらわら！」

ピピが唱えた次の瞬間、訓練部屋の空間に、無数のわらわらが出現した。ピピが大っ嫌いなわらわらの群れである。

「わらわらぁ、整列！」

わらわらの群れが縦列を組んだ。

「わらわらぁ、攻撃準備！」

縦列のわらわらたちが、今にもピノたちに突撃しそうに身構えた（ように見えた）。

「わらわらぁ、休め！」

もとのうじゃうじゃした群れに戻った。

「わらわらぁ、戻れ！」

わらわらの群れが消えてなくなった。

ピノは口を開けて見とれていた。ピピはいったん杖をおろすと、はあっと息を吐く。

「やっぱり、何度見てもダメ」

「魔法の行使には成功しておる。あとは慣れじゃ、慣れ」

王様に励まされ、再び杖を構えるピピ。

「使役魔法第二、行きま〜す！」

顔が引《ひ》き攣《つ》っている。

「わらわら、繭防御！」

空間にでっかいわらわらの繭が現れると、ピピを包み込んだ。なるほど、こうやって術者を守るのだ。ちなみにこの繭は半透明の白色である。

「わらわら、プレス防御！」

今度はあのクトゥルー系の皆さんの頭部と同じぐらいの大きさの巨大わらわら一体が出現し、どでんとピピの上に覆い被《かぶ》さった。いちいち息苦しそうだが、これも術者を守るためだ。

巨大わらわらの下になって姿が見えないピピの、くぐもった声がする。「わらわら、防御解除！」

巨大わらわらが消えると、へたりこんだピピがぜいぜい喘《あえ》いでいた。

「ピピよ、あとひと種類じゃ」

「でも王様、あたし、三番目のは失敗ばっかりしてて」

「双極の双子の片割れが揃った今ならば、成功するかもしれんぞ」

ピピがピノの方を見た。何だかわかんないが、ピノも勢いでうなずいて、

「ピピ姉、頑張れ！」

ピピは何とか立ち上がり、杖を構える。

「わらわらぁ！」

鎧《よろい》をつくれ——と、ピピが唱えると、ピノは床几からぴよんと跳び上がってしまった。自分の意志ではない。瞬間的に、何か弾力のあるもので身体《からだ》を包まれて、その出現の勢いで跳ねてしまったのだ。

「おお、成功じゃ！」

王様が手を打って喜ぶ。ピピも花が咲いたような笑顔になった。杖を手にして両手を広げ、小さくガッツポーズをすると、膝《ひざ》を曲げて可愛《かわい》らしくジャンプした。

「やった！」

ピピはわらわらになっていた。

もとい、わらわらの着ぐるみを着ていた。両手を広げて見おろせば、ピノも同じだ。自分たちの身体のサイズに合ったわらわらの着ぐるみで、頭と両手足がそこから突き出しているという姿である。

「これがわらわらの鎧かぁ」

ピノは、今度は自分の意志で跳び上がると、お尻から着地を試みた。着ぐるみが床で

跳ねる。面白がって何度もやるうちに、天井まで跳ね上がって頭をゴツンとした。

「痛《い》テ！」

ピピも王様もハンゾウも、二人のニンジャも笑っている。王様がピピの頭を撫《な》でている。

「こら！　遊んでるんじゃないよ！」

大音声《だいおんじょう》がした。ピノが頭をさすりつつジャンプしながら振り返ると、あの丸っこいおばさんが両手を腰にあてるあのポーズで、ハンゾウと並んで立っていた。その足元には、ジュウベエと紅色のニンジャがひざまずいている。ジュウベエにいたっては、感動でわなわな震えている。

「あんたの特別教官が来たんだ。気をつけぐらいしなさいよ」

まるわ弁当店のアヤコさんだ！

第3章
王都の秘密・7

やっぱりこのおばさん、只者《ただもの》ではないのだ。

「モンちゃん、それじゃいっちょ頼むわ」

アヤコさんが軽やかに手を振って合図すると、王様が「合点《がってん》じゃ！」と受けた。

ピノはハンゾウに尋ねた。

「王様の名前、もしかしてモンゾウ？」

頭領は髭《ひげ》と眉毛《まゆげ》をふっさりと揺らしてうなずく。「うん」

モンゾウとハンゾウの双子の兄弟。略して〈モンハン〉だ。**ちっちゃいからポータブルだぞ。**

「コラ！　よそ見してんじゃないよ！」

アヤコさんに叱《しか》られて、ピノが上座に目を転じたそのとき、モンちゃん王様が手にした杖《つえ》を高々と差し上げて、こう唱えた。

「出《い》でよ、アヤちゃんのデモンストレーション・キット！」

わかりやすい呪文《じゅもん》ですが、デモンストレーション・キットって何だ。

ばば〜ん！　と、それは出現した。何と立派な厨房《ちゅうぼう》だ。それも床と天井、左右の壁、それぞれに三セットずつ。これ、どっかで見たことがあるような光景だ。

「『料理の鉄人』？」

「それより、壁と天井の厨房は、重力の法則に逆らって出現していることに驚かんかの」

なるほどハンちゃん頭領の言うとおり、壁に出現した左右六セットの厨房はピノから見ると壁に向かって垂直に立っているし、天井のは上下逆さまになっている。

「あれらは魔法の力によって具現した幻じゃが、モンゾウは魔法マスターじゃからの。幻に実体を持たせることができる」

それぞれの厨房のコンロの上には鍋《なべ》や焼き網やフライパンが載っていて、じゅうじゅうとかグツグツとか心地よい音を発している。今まさに調理されつつある食材の、美味《おい》しそうな匂《にお》いも漂ってくる。

「下煮、下焼き、下ごしらえは完了だ」

きりりと眉宇《びう》を引き締めて、アヤコさんが言った。「味付けに取りかかるよ。よく見ておいで！」

言い放つと同時に、アヤコさんは床を蹴《け》って高々とジャンプした。

「は！」

気合い一閃《いっせん》、宙返りしながらまず天井の厨房に足を着けると、その場に整然と並んでいる調味料の瓶を取り上げて、目にもとまらぬスピードで鍋やフライパンのなかにぱぱっと投入した。

「それ！」

次の気合いで右の壁に移動、ここでも同じことをしたかと思うと今度は宙を横切って左に移動、両手で調味料の瓶をつかむと、正しい場所に正しい分量を投入し、菜箸《さいばし》やしゃもじやおたまなど、正しい調理器具も使用する。

「料理の基本は〈さしすせそ〉だよ！」

アヤコさんは壁や天井や床を蹴り、ジャンプや宙返りや二回半ひねりを繰り返しながら、料理しているのだった。

「おお、ありがたや」

「伝説の始祖の技をこの目にできるとは！」

ジュウベエと女ニンジャが拝んでいる。彼らのぴょんぴょん上下移動の元祖は、アヤコさんのこの料理法だったのだ。

「この方式なら、いっぺんにたくさん作れるからの」

まるわ弁当店の女主人、フル回転の大技である。

「ラストはこれだ！　カレー風味添加！」

アヤコさんの雄叫《おたけ》びと共に、天井のコンロのフライパンでカレーピラフが完成した。

しゅたっと着地して、アヤコさんはまた両手を腰にあてるポーズに戻った。あんなに飛んだり跳ねたりしたのに、呼吸はまったく乱れていない。

拍手が聞こえた。ピピがきゃんきゃん大喜びしている。

「おばさん、凄《すご》いスゴイすごい〜！」

アヤコさんはフンと鼻を鳴らし、心持ちそっくり返った。「店じゃ、下ごしらえからこの方式でやってるんだよ」

「そっちも見たいです！」

これが特別教官による特別な修行？

「おばさん、オレ、料理っていっぺんもやったことないんだけど」

「だから、これから覚えるんじゃないか。最初は出汁《だし》のとり方からだよ！」

こんぶ出汁は初心者向きだけど、かつお出汁はちょっと難しいそうです。

そんな次第で——

しばらくのあいだ、ピノはまるわ弁当店に住み込み、日々ジャンピング料理術の修行に励んだ。ピピもハンゾウの陣屋からお城へ移り、モンちゃん王様だけでなく、王室の魔道近衛兵長《このえへいちょう》からも魔法のいろはを教わるようになった。

そして、ある日。

「まあ、今の段階じゃこんなもんかね」

アヤコさんが腰に手をあてて言った。

「そろそろピピちゃんの方も頃合いだろう。あんたたち、モンちゃんのとこに行って、長靴の戦士専用の装備をもらうといいよ」

「え？　もう？」

ピノは出汁の取り方を覚えたけれど、ジャンピングで作れるのは目玉焼きだけだ。

「もうちょっと手の込んだものを作れるようになりたいなあ」

「それよりあんた、後片付けもちゃんとしないとね」

男の料理って、だいたいそうなんですよね。作ることには凝るんだけど、後片付けをしないんだ。

近衛兵長の案内で、ピノはお城を通り抜け、広々とした中庭に出た。そこにはハンゾウに連れられたピピも待っていた。

「王様はこの先の離宮にいるんだって」

そしてピピはピノの耳元に囁《ささや》きかけた。

「宝物庫はお城のなかじゃなくて、離宮にあるんだってよ」

さて、その離宮である。またタカヤマ画伯に丸投げしようかと思ったんですが、ここでは話の都合上、描写をいたします。

「ディスカバー・ジャパン？」

離宮は、何ともレトロな茅葺《かやぶ》き屋根の二階家なのだった。納屋や厩《うまや》も付いている。王様というより庄屋さんの屋敷だ。

「儂《わし》らはジャパニーズ・クラシックが好みでの」

ニンジャの血筋なんだから、まっとうな好みだと言えるか。

「モンゾウは茶室におるはずじゃ」

自宅に茶室を造るとは、なかなか文化人の庄屋さんである。

茶室の入口は「にじり口」といって、わざと小さく造ってある。ハンちゃん頭領でもしゃがまないと入れない。ピノピは這《は》うようにしてお邪魔した。

途端に、面妖《めんよう》なものを見た。

「げげ！」

四畳半の茶室を埋め尽くすようにして、トリセツがいっぱい居並んでいる。そのなかに炉が切ってあって、モンゾウが茶釜《ちゃがま》に向き合っている。

「トリセツ、増殖しやがった！」

ピノの叫びに、茶釜のそばの上席から、

「失礼な」と、トリセツの抗議の声がした。

「わたくしは満天下に唯一の存在ですよ」

「今日はトリちゃんが正客《しょうきゃく》じゃ。おまえたちは下座にお座り」

ゆったりと茶筅《ちゃせん》を使いながら、モンちゃん王様がおっしゃる。

「でも、これ」

ピピも目をシロクロさせて、トリセツの大群を見回している。

「いつの間に、こんなに増えちゃったの？」

「増えたのではない。これは儂のコレクションじゃ」

虫干ししてたのじゃ、という。

「コレクションってことは、つまり」

本物以外のトリセツは、フィギュアでした。

「片付けるから、ちっと待ちなさい」

モンちゃん王様が杖を持ち上げてひと振りすると、本物以外のトリセツは煙のように消えた。

「トリちゃん、新作の迷彩服バージョンと執事バージョンができるころには、また立ち寄ってくれるかの？」

「そうしたいところですが、何分にもわたくしはピノピさんのお供ですので」

「名残惜《なごりお》しいのう」

フィギュアのトリセツが消える一瞬前に、そこに確かにメイド・バージョンとミニスカポリス・バージョンのトリセツがいたのを目撃してしまったピノは、膝《ひざ》から力が抜けた。正座する格好になったので、ちょうどいい。

モンハン・ポータブル兄弟とトリセツと、のどかにかつ厳粛にお茶をいただき、お茶菓子もいただき、ピピがそわそわし始めた。

「王様、あたしたちの装備って」

「気の早い子じゃの」

長い眉毛の陰で、モンちゃん王様の目が笑っているようだ。今日はモンちゃん王様、算盤《そろばん》ではなく、小銭柄の服を着ている。

「ちょっと脇《わき》にずれてくれんかの」

一同が指示に従うと、モンちゃん王様は茶室の正面の壁に向かって杖を持ち上げた。

「宝物庫、解錠」

すると、正面の壁がぴかりと光り、でっかい文字が浮かび上がった。

〈合い言葉を言え〉

王様に命令口調の、何気に高飛車な宝物庫ではある。モンちゃん王様は杖を軽く振ると、壁に向かってこう言った。

「〈ソイレント・グリーンは人間だ〉」

うーん、これはちょっとカルトかな。クリス・カーター制作のテレビシリーズ『ミレニアム』。『クリミナル・マインド』に遥《はる》かに先んじてシリアル・キラーと元FBI捜査官の闘いを素材にしたテレビシリーズでして、けっこう人気があったんですが、セカンドシーズンから急に方向転換しちゃって陰謀論ものになったもんで、ファンは大激怒！　DVDボックスの特典映像で、主演のランス・ヘンリクセンが律儀に言い訳していて、それがまた「やっぱりビショップっていいヒトだよなあ」という感じで見ものではあるんですが、しかし私なんぞもファーストシーズンの緊張感溢《あふ》れるエピソードが懐かしく、サードシーズンまでのコンプリートDVDボックスを持ってはいるものの、繰り返し観《み》るのはファーストシーズンばっかりなんですよね。

「作者がうだうだうるさいので、早く宝物庫を開けてください」

「そうじゃの」

すみません。

高飛車な合い言葉要求が消えると、おや、そこには積み上げられた宝箱が！

「これ、どっかで見たことあるぞ」

「儂の陣屋のなかじゃろう」

ハンちゃん頭領のおっしゃるとおり、わらわらの飼育場のそばで遭遇した、どうやっても動かすことができない、壁一面にぎっちり積まれた宝箱たちである。

「あれがお城の宝物庫だったの？」

「あそこに魔法で封じてあったのじゃ」

モンちゃん王様は、杖を右手から左手に持ち替えると、壁一面の宝箱たちに命令した。

「長靴の戦士が来たから、該当《がいとう》するお宝、出てきなさい」

やっぱり、とてもわかりやすい呪文です。いや呪文なのかな、これ。

壁一面の宝箱たちが、白・赤・青・緑色に点滅を始めた。四色のうちのひとつが一列に並んで揃《そろ》ったり、互い違いになったり、一度白く光ったものが赤に変わったりする。

作者はこれによく似たものを見たことがあります。

「パネルクイズ　アタック25」だ！

児玉清《こだまきよし》さん、天国の本屋さんでくつろいでおられますか？

さて、宝箱たちのひとつが赤くなり、ひとつが青くなり、残りは全部白くなった。

「白の解答者が憧《あこが》れのエーゲ海クルーズ・ペア10日間の旅に挑戦だ！」

叫んだピノは、モンちゃん王様に杖で頭を叩《たた》かれた。

赤の宝箱がすうっと前に滑り出てきて、ピピの前に音もなく着地した。青の宝箱も同じようにして、こっちはピノの前に着地した。ほかの宝箱たちは消失して、茶室の壁は元に戻った。

「長靴の戦士よ、開けてごらん」

手が汚れていないかどうか素早く確かめてから、ピピはそうっと宝箱に手をかけた。

かちゃんという音がして、蓋《ふた》が開く。

「魔法の杖だわ」

目を輝かせて取り出したピピだが、たちまち落胆した。

「王様、これ、ずっと修行に使ってたのと同じ杖じゃないですか」

「そうかの。ペンダントに聞いてごらん」

ピピは杖を片手に、指をペンダントにあててみた。

〈駆け出し魔法使いの杖　空きスロット2〉

「空きスロット？」

「この先、新しい魔法を二種類まで、その杖に蓄えることができるという意味じゃ」

蓄えて使って、よく使い込めばその魔法を覚えることができる。

「わらわら魔法は？」

「それは既にそなたの身についておるから、杖の力に頼らずとも、いつでも使える」

どんなに嫌いでも、呼べばわらわら様が現れるわけだ。

おっと、ペンダントの鑑定には続きがあった。ピピの耳にはこう聞こえた。

〈グリップに滑り止めがついています〉

杖をにぎにぎしてみるピピを横目に、ピノは両手をこすり合わせてから、

「よし、オレの番だ」

青い宝箱、オープン！

そして沈黙。モンハン兄弟とピピは、宝箱の中身に手をつけようとしないピノの顔色を窺《うかが》いつつ、首を伸ばして中身を見た。

途端にみんな笑い出した。

ピノは苦り切った。「何だよ、これ」

一目瞭然《いちもくりょうぜん》である。

「フライ返しね！」

「フライ返しじゃ」

「フライ返しじゃの」

「わかってるよ！」

ペンダントに指をあててみると、鑑定が出た。〈目玉焼き戦士の専用武器〉

「何だよ、目玉焼き戦士って！」

こっちも鑑定に続きがある。〈別名　サニーサイドアップ〉

「こんなもんで戦うのか？　どうやって？」

ピノはフライ返しを振り回す。

「トリセツ、どうにかしろよ！」

「わたくしにはいかんともし難い定めでございます」

と返答しつつ、トリセツは何か食べている。残っていたお茶菓子を、ちゃっかり平らげているのだ。

「剣とか槍《やり》とかじゃねえの？　これ、どうやって持ち運べっていうんだよ」

「ズボンのベルトに挟んだらいいよ」

「意外とイケてるファッショングッズになるかもしれんぞ」

ハンゾウが手ずから、ピノのズボンのベルトにフライ返しを挟んでくれた。

「必要なときには、素早く抜いて構えるのじゃぞ」

どんな卵もナノ秒《セカンド》で目玉焼きにしちゃう戦士の姿である。

「――オレ、長靴の戦士を辞めたい」

「そうはいかん。これからが冒険の本番じゃ」

旅立つのじゃと、王様は力強く宣言した。

「目的地はどこですか？」

瞳《ひとみ》の輝きを取り戻し、駆け出し魔法使いの杖を胸に抱きしめて問いかけるピピ。

モンハン・ポータブル兄弟は沈黙。

ややあって、ハンゾウが口髭を動かした。

「……のじゃ」

「は？」

「……のじゃよ」

「もう少し大きなお声でお願いします」

モンハン兄弟は声を揃えて言った。「儂らも知らんのじゃよ」

今度はピノピが沈黙。

「旅の目的地、知らないんですか」

「儂らは一介のボッコニアンの住人じゃ。そなたらと違って長靴の戦士ではないし」

「だけどあたしたちだって、何にもわからないんですよ」

「頭領の陣屋は、本物の世界と繋《つな》がってるんだろ？　あの怪物も本物の世界から来たんだろ？　だったら陣屋に戻って、繋がってるポイントを探してみたらいいんじゃねえの？」

ハンゾウはかぶりを振る。「確かにあの怪物は、封印が解けたことによって現れた。

だが、本物の世界から来たとは限らんし、仮にそうだとしても、どうやって来たのか儂らにはわからん」

「でも、陣屋で育成したニンジャたちは、本物の世界へ送るんでしょう？　そのときはいつもどうしてるんですか？」

モンハン・ポータブル兄弟は、ひしと寄り添った。と思ったら背中合わせになった。

「モンゾウ」

「ハンゾウ」

背中合わせのまま名前を呼び合って、

「儂ら、白状せねばならんかの」

「潮時じゃ」

ピノピは〈固唾《かたず》を飲んだ〉。

「実は、それも儂らにはようわからんの」

ピノピは〈耳を疑った〉。

「ニンジャたちが養成課程を修了し、一人前になった印の黒装束《くろしょうぞく》を着ると」

「自然と〈お召し〉が来るのじゃ」

「本物の世界に召喚され、この世界からは姿を消す」

「その後には、契約通りの金貨が出現する。儂らはそれを回収するだけなのじゃ」

ピノピは〈愕然《がくぜん》とした〉。

作者も白状しておきますが、〈 〉内のような手垢《てあか》のついた言葉を連発するのは、小説の書き方の悪いお手本です。小説すばる新人賞を目指す方は、真似《まね》してはいけません。

「それって、モンスターを倒すと銭金になるシステムと同じだ……」

頭を抱えるピノだったが、ピピはへこたれない。

「だけど契約は？　王様も頭領も、最初の契約は本物の世界の誰かと結んだんでしょ？

その契約書はどこ？」

背中合わせのまま、モンハン・ポータブル兄弟はうなだれた。

「契約の成立は先史時代のことで、儂らにはわからん」

ピピは急に立ち上がった。

「ピノ、外に出てみよう」

「何で？」

「また、空にお告げが見えるかもしれない。〈封印は解かれた〉って文字が現れたときみたいに」

二人は先を争ってにじり口から外に出てみたけれど、頭上には蒼穹《そうきゅう》があるばかりだ。

「お庭、きれいだね……」

「ピピ姉、無理すんな」

肩を落とす二人の目を、まぶしい光が射た。中庭の小道を、近衛兵たちが隊列を組んで静々と進んでくる。彼らの銀色の装備が陽光を反射しているのだ。

「おお、グッド・タイミングじゃ」

にじり口から出てきた王様と頭領が喜んだ。近衛兵たちは、薄べったい木箱を二つ、恭《うやうや》しく運んでくる。

「二人の旅立ちを祝して、儂らからの贈り物じゃよ」

近衛兵たちは王様と頭領に敬礼を済ませると、片膝をつき、薄べったい木箱をピノピに差し出した。木箱の蓋に、金文字の銘が入っている。

「王室御用達《ごようたし》　お仕立物の〈まるわ〉謹製」

アヤコさんは、弁当屋のほかにも商売をしているらしい。

「開けてごらん。着てごらん」

ピノピは開けてみた。が、すぐ着る気持ちにはなれなかった。向こう十五分ぐらいは着る気持ちになれそうになかった。

「特製ちゃんちゃんこじゃ！」

せめてベストと言ってあげてください。

「青たん色だ……」

頭を抱えるばかりではなく、しゃがみこんでしまったピノだ。

「これ、怪物を食べたわらわら様たちの糸で作ったんですね」

ベストに触れて、ピピは驚いた。

「柔らか～い。スベスベしてる」

「着心地抜群じゃぞ」

「なにしろ儂が新調したマントと同じ素材じゃ」

あたし着てみる――と、ピピはベストを身につけた。明るい陽光のもと、花と緑の溢れるお城の中庭に、青たん色のベストはよく映えた。

「わあ、軽いよ！」

新しいアイテムを入手したら、ペンダントの鑑定に耳を傾ける。必ず実行あるべし。

ピピはそうして、指先をペンダントにあて、耳だけではなく首も傾けた。

「ピノも試してみて」

「オレは遠慮する」

「いいから試してみて。このベストが何か言ってるから」

どういうことだ？　ピノは不承不承ベストを羽織ってみた。そしてペンダントに触れる。

〈――しめっぽくてあったかいところにいきたい〉

これは鑑定ではない。ベストの思念を、ペンダントが伝えているのだ。

「湿っぽくて暖かいところ？」

「わらわら様の好みだねえ……」

背中合わせになっていたモンハン・ポータブル兄弟が、やおら抱き合って歓声をあげた。

「おお、それよ！」

「それがそなたらの旅の目的地じゃ！」

「まずは南へ行けという示唆《しさ》であろう」

「南は暖かいぞ」

「王都の南に位置し、水に縁のある都市といったらどこになるかの、ハンゾウ」

「〈水の街アクアテク〉じゃ！」

そうじゃそうじゃと二人で輪になって踊るモンハン・ポータブル兄弟であった。

ぽん、とのどかな音をたてて、トリセツがピピの頭の上に現れた。

「それでは出立《しゅったつ》いたしましょう」

ホントに役立たずなのか、役立たずのふりをしているのか判じがたいトリセツは、口の端にお茶菓子の欠片《かけら》をくっつけている。発言のついでに甘いげっぷを一発。

「アクアテク……」

呟《つぶや》いて、ピノがふとフクザツな表情をしたことを、ピピは見逃さなかった。

「どうかしたの？」

「ん？　いや、何でもねえ」

何でもないわけないいんですが、それはまたおいおいということで。

サブイベントその1
カラク村民救出ミッション

テレビゲームのＲＰＧで、フィールドを移動するのは楽しいですよね。バトルしながら経験値稼ぎができますし、世界の広さを実感することもできます。

作者は昔、『ＦＦⅦ《セブン》』をプレイして、初めてミッドガルからフィールドに出たとき、思わず「わあ～」と歓声をあげてしまったことがあります。ハイテクビルとハイウェイとスラム街で構成されていたミッドガルの景色から一転して、それはそれは美しい森と広々した草原が広がり、主人公たちと一緒にプレイヤーも、「外の世界へ一歩足を踏み出した」という実感を噛《か》みしめる。そこへＢＧＭのメインテーマ（名曲！）が静かに流れてきて――

ああ、昔はよかった。

なんてこと言ってる場合ではなく、今回は〈水の街アクアテク〉へ向かうピノピの道中での出来事を、ちょこっと。

「つまんねえなあ」

モンちゃん王様が二人のために用意してくれた蓄電自動車の運転席で、ピノはあくびを嚙み殺す合間に文句を垂れている。

この蓄電自動車は、とても可愛《かわい》い三輪自動車です。ちなみに色はルビーレッド。

「しょうがないじゃない。いいかげんグチばっかり言うのはやめてよ」

後部座席の窓から顔を出し、外を眺めながらピピがぼやいた。ズボンのベルトの左右に、ホルスターを付けてもらい、王都の地下迷宮で拾って使った古い方の杖《つえ》と、出立《しゅったつ》のときにもらった滑り止めのついた杖をきゅっと挟んで、二丁拳銃《にちょうけんじゅう》みたいな勇ましい格好になっているピピだけど、こちらもちょっぴり退屈そうだ。

なぜなら、進んでも進んでも景色が変わらないからである。ずうっと草っ原。たまに丘があって雑木林。また草っ原。

「やっぱ、街道を通った方がよかったんじゃねえの」

「でも王様が、特別にここの通行許可をくださったんだよ。こっちの方が近道だって」

普段は王都の警備隊しか通行を許されていない脇道《わきみち》なのだ。

――盗賊退治や害獣狩りに使う道じゃ。

最初にそう聞いたときには、二人とも勇み立った。盗賊退治？　害獣狩り？　それってつまり、本格的なランダムバトル開始ってことでしょ？

二人とも、王都ではそれなりにみっちり修行した。自分の成長ぶりを実戦で確認したい。その気持ちはよくわかりますよね。作者もゲームしていて新しい技やスキルを覚えると、早く使ってみたくてウズウズします。

「オレ、根本的な疑問があるんだけど」

久々にピノの定番の台詞《せりふ》が出た。

「ここはボツコニアンだからさ」

数多《あまた》のフィールド型RPGで行われている〈ランダムバトル〉というものは、存在しないのではないか。

「だって、あのシステムがボツになるわけないだろ?」

ピピは黙っているが、表情から推して、どうやら同じことに思い至ったらしい。

「でも、だったら移動画面が出てきて、カーソルで次の目的地を指せばいいだけのシステムになってってもいいんじゃない?」

「そっちのシステムもいろんなゲームで使われてるから、ボツの世界にはありっこねえ」

そうすると、だ。

「じゃああたしたちは、バトルのないフィールドをただ延々と移動するだけなの?」

どうやらそのようです。それだけじゃない。さらに悪いことがある。作中人物であるピノピには知る由《よし》もありませんが、この移動中のグラフィックで、ピノとピピには初めて〈ステータスバー〉が表示されることになりました。各自に二本ずつ、ピノはHPとSP。セキュリティ・ポリスではなく、スキルポイントですよ、念のため。ピピはHPとお馴染《なじ》みのMPです。これはランダムバトル以上に普遍的なシステムなので、ボッコニアンでも四の五の言わずに使わせてもらいます。こういうやりかたを「ご都合主義」といいます。こういうことを堂々と書く態度を、「開き直っている」といいます。少し表現を変えたい場合は、「悪びれない」と書くといいでしょう。

で、その〈HP〉がだんだん減っている。

「あたし、何かくたびれてきちゃった」

「オレも妙にかったるいなあ」

この世界では、移動するだけでHPが減ります。

ランチに、アヤコさんが持たせてくれたまるわ弁当店特製二段重弁当を食べても、HPとは関係ない。ピノピはトルネコさんと違って〈満腹度〉のパラメーターを持っていない。

そう、今のところ自力でHPを回復する術《すべ》を持たないピノピは、早いところアクアテクにたどり着かないと、疲労死してしまう。

「トリセツ、助けてくれないかしら」

「あんなヤツ、もうあてにしねえ！」

申し遅れましたが、トリセツは王都で二人の出立を見送ると、

「わたくしはテレポート移動でアクアテクに先乗りして、市長に、長靴の戦士のお二人が訪れることをお知らせしておきます。アクアテクの美味《おい》しいお店と、武器屋と道具屋の掘り出し物もチェックしておきますね」

なんて言いくさっていたのでした。

ピノピのあくびも、実は退屈しているせいではなく、衰弱しつつあるからだった。またこみあげてきたあくびを手で押さえ、ピピは嘆いた。

「フネ村から王都へ行くときは、こんなことなかったのに」

「あのときはヒッチハイクしてたからかな」

いいえ、あれは織物商のおじさんと出会うフラグ立てだったからです。

システムは非情です。

二人のＨＰが半分ほど減ったころ、ルビーレッドの蓄電自動車がのろのろと走って行く先に、小さなオブジェクトがひとつ現れた。運転を交代していたピピが、ハンドルから身を乗り出すようにして、

「ピノ、あれ見て！　馬車だよ」

　ピノも前方に目をやると、確かに幌馬車《ほろばしゃ》である。まだ遠いが、こっちにやって来ることだけは確かだ。

「警備隊かしら」

　ピピはアクセルを踏み込んだ。でもスピードは上がらない。この蓄電自動車は超安全設計で、低速かつ定速でしか走れないのだ。

「もう、じれったいなあ」

　運転席で焦るピピを横目に、ピノは見事な箱乗りをして、近づいてくる幌馬車に目を凝らしていた。あちらもスピードが遅いが、ただのろのろ走っているだけでなく、よろよろしている。

　ふたつの乗り物の距離が縮まると、ピノは見てとった。幌の横っ腹が破れてハタハタしている。御者台《ぎょしゃだい》に座っている男の人は、危なっかしく身体《からだ》がかしいでいる。二頭立ての馬車なのに、馬は一頭しかいない。蛇行しているのはそのせいだ。馬も相当疲れている。

「お〜い、そこの馬車！」

　箱乗りのまま、ピノは大声で呼びかけた。

「大丈夫かぁ〜」

　御者は半分倒れかかったまんま反応なし。ただ、幌の破れた部分から顔が覗《のぞ》いた。ピノの方を見ている。女の人だ。

「たすけてくださ〜い」

か細い声で訴えかけてくる。

「ピピ姉、急げ！」

「急いでるってば！」

やっとこすっとこ蓄電自動車を走らせて、ピノピは幌馬車のそばに停車した。馬車の方は先に停《と》まってしまっていて、御者台の男の人は今にも地面に転がり落ちそうだ。馬は頭を下げて、息をあえがせながらゆらゆらと身体を揺らしている。幌が破れているだけでなく、馬車もかなりガタがきていた。

幌馬車の荷台から女の人が飛び降りた。というか転げ落ちた。フネ村の人たちとよく似た出《い》で立《た》ちだ。王都の市民ではない。ピノは御者台に駆け上って男の人を抱き起こし、ピピは女の人を助け起こす。

「しっかりして！」

二人とも痩《や》せこけて、衣服も手足も汚れている。女の人は自力で立つことさえできないようだ。

「た、助けてください」

「いったいどうしたんだよ」

育ち盛りの二人だから、お弁当はぺろりと食べちゃった。でも水筒に水が残っている。それを女の人に飲ませてあげて、男の人の顔にかけると、やっと正気づいた。

「あんた」

「おお、おまえ」

無事だったか、今俺《おれ》たちはどこにいるんだと、男の人は弱々しく呻《うめ》く。ピノピのまん丸な目を見て、

「お、おまえさんたちは」

「通りすがりの者です！」

こうしているあいだにもHPはじりじり減っているけど、ピノは元気に答えた。

自分たちの幌馬車と、今にも死にそうな馬と、ピノピの蓄電自動車と、だだっぴろい草っ原。男の人の顔が引きつった。

「早く王都まで逃げないと、捕まっちまう」

「捕まるって、誰に？」

「追われてるんですか？」

ピノピが同時に問いかけたとき、さっき幌馬車が現れた方向に、また別のオブジェクトが出現した。派手に砂塵《すなぼこり》をあげながら、真《ま》っ直《す》ぐこっちに向かってくる。

スピードが速い！　しかも、巻き上がる砂埃越しにもはっきり見えるほど、ぴかぴか

に磨きあげられた金属製のボディだ。

　蓄電自動車だ。三輪自動車ではなく、スポーツカーだ。反射がきついから見えにくいが、ボディカラーは漆黒《しっこく》である。

「あいつらだ！」

　男の人が怯《おび》えて縮み上がった。女の人がピピにしがみつく。

「あれが追っ手？」

「あたしたちの村の村長の手下です」

　ピノピは夫婦に肩を貸して三輪自動車に乗せ、ドアを閉めた。そのあいだに、夫婦は恐怖に震えながら話してくれた。

　その村は王都の南西の山中にある。こんもりした森と段々畑がいっぱいのカラク村だ。

「村長はいい人だったのに、半月ほど前に急に性格が変わってしまって、俺たちを脅しつけて強制労働させるようになったんだ」

　村の外からならず者たちを雇い入れ、用心棒兼村人たちの見張り役にして、やりたい放題なのだという。

「あたしらは働きづめに働かされて、食事もろくにもらえないし、暴力をふるわれるし、このままではみんな死んでしまいます」

「何とか王都に助けを求めにいこうと、隙《すき》を見て夫婦で逃げ出してきたんだよ」

事情を聞いているうちに、ピノピのＨＰが減っていくスピードより速く、漆黒のスポーツカーが迫ってきた。運転席に一人、助手席に一人。どっちも巨体だ。シルエットがごついぞ。

「おじさんとおばさんは隠れてて！」

ピピは杖を握りしめる。ピノはベルトに挟んだフライ返しを手にして身構える。土煙のなかで吼《ほ》えたてるようなエンジン音。地面を嚙んで、スポーツカーが急停車した。

ドアが開き、二人のならず者が降りてきた。手に手に剣と斧《おの》を持っている。

「おい、おまえら！」

助手席から降り立ったでぶっちょが、腹の肉をたぷんたぷんと波打たせながらがなった。

「逃げられると思って」

言い終えないうちに、ピノの跳《と》び蹴《げ》りがでぶっちょの顔のど真ん中に命中した。

「何だ、このガキは」

でぶっちょが昏倒《こんとう》し、一瞬ひるんだ相棒はゾンビみたいな顔色の痩せっぽちだが、次の瞬間にはキレキレに切れて襲いかかってきた。ピノは軽やかによけて、その後ろをとる。

「ガキじゃないわよ、ガキどもよ！」

ピピが滑り止め付きの杖を掲げると、わかりやすい呪文《じゅもん》を朗々と唱えた。「出でよ、わらわら！」

たちまち中空からわらわらの群れの雨が降ってきて、ゾンビ顔の手に身体にまといつく。

「ぎゃあ～！　キモチ悪《わり》ぃ～！」

わらわらを振り落とそうと、ゾンビ顔がむちゃくちゃに手足を振り回し、暴れ回るうちに伸びていたでぶっちょの顎《あご》を蹴ってしまった。ショックで覚醒《かくせい》したでぶっちょも、身体じゅうにたかったわらわらに気づいて、悲鳴をあげて飛び上がった。

ならず者コンビは、叫び声をあげながらでたらめなダンスを踊っている。ピノは彼らのあいだを素早く動き回り、一撃、二撃と食らわした。攻撃に使うのはフライ返しの柄《え》の方だ。腎臓《じんぞう》や肝臓、喉仏《のどぼとけ》を狙《ねら》って打っべし、打っべし！

「ぐえ～」

二人はあえなく気絶してしまった。放り出された彼らの武器にも、わらわらたちが這《は》い寄ってゆく。

「わらわら、戻れ！」

わらわらたちは消えた。ピピは杖を下ろし、ピノはフライ返しを腰のベルトに戻す。

「ざっとこんなもんだい」

反《そ》っくり返ったら、ピノの膝ががくがくした。見れば、ピピも息を切らして片膝をついている。

「すっごく身体が重い」

「オレも」

今のアクションで、とうとうＨＰが尽きかけたのだ。ステータスバーのＨＰ表示はチカチカ点滅している。

「と、とにかくやっつけられてよかった」

背後では、赤い蓄電自動車のなかでカラク村の夫婦が抱き合って震えている。それを確認して、ピノピはその場にへたり込んだ。

と、そのとき。

漆黒のスポーツカーのヘッドライトが、かっと灯《とも》った。まるで車が目を開いたみたいだ。ハイビームにまともに照らし出されて、ピノピは眩《まぶ》しさに手を上げて顔を背けた。

「まだ仲間がいるの？」

スポーツカーが吼えた。ケダモノの咆哮《ほうこう》そっくりのクラクションなのだ。何て悪趣味なんだろう。

「オマエたち、生意気だぁ！」

子供の声が叫んだ。まだ舌っ足らずな幼児の声だ。いったいどこにいるんだと思ったら、運転席のハンドルの上に、その顔がひょっこりと現れた。

「ボクのボディガードをやっつけちゃって、ゆるさないぞ〜!」

幼稚園児じゃないか。そんなとこに潜んでいたのか。

「おまえのボディガードだぁ?」

何が何だかわからない。後ろからカラク村の夫婦の声が飛んできた。

「村長の孫です!」

「その子も性格が変わっちゃって」

村長より凶暴なんだって、早く教えてくれよ!

「ピピ姉!」

戦闘態勢を立て直そうとするピノだが、HPはもう残りわずかだ。フライ返しの柄をつかんでも、構えることができない。ピピはへたりこんだまま、「わ、わら、わら」と弱々しく唱えるけれど、声がかすれてしまう。

何か嫌な音がした。スポーツカーの車体の下部から、両側のドアに水平に、じゃき〜んと金属の筒みたいなものが現れたのだ。ただの筒ではない。先端に銃口がある。しかも複数。ガトリング・ガンだ!

ピノは叫んだ。「それじゃ『デス・レース2000年』だろ!」

作者はリメイク版の方が好きです。ジェイソン・ステイサムが『マリカー』やっているのですもの。

運転席の凶暴な村長の凶暴な孫は、イッちゃった目つきでケタケタ笑う。

「ざまあみろ、おまえたちみんな、『俺たちに明日はない』のラストシーンみたいにしてやるぞう！」

何気にシネアストな幼稚園児である。

「わら、わ、ら、ぼうぎょ」

ピピはもう声が出ない。

うぃ〜んと、ガトリング・ガンの銃口が回転を始めた。万事休すだ。これじゃひとたまりもない。何とか姉さんをかばおうと、鉛のように重たい身体を持ち上げたとき、ピノは、地面に落ちた大きな影に気がついた。

三輪自動車の影じゃない。スポーツカーのでもない。もっとでっかい。ピノたちをすっかり覆っている。

で、どっかで見た覚えがあるような形の影なのだ。その影が音を発した。

「ういいいいいいん！」

ガトリング・ガンの回転音とは違う。奇妙で独特で、これまたどっかで聞き覚えのある音だ。運転席の凶暴でシネアストな村長の孫も、気をとられたのか手を止めて、音の発信源とおぼしき空間の方へと目を上げた。

唐突に、それは姿を現した。

巨人のような大きさ。銀色に光る金属板を継《つ》ぎ接《は》ぎして作られたでっかい球体で、四方にひとつずつ丸窓がある。その球体に脚が三本生えている。

「がっしょん」

音をたてて、その脚の一本が前に踏み出した。左右の丸窓がくるりと回転したかと思うと、そこからロボットアームが伸びてきた。ちゃんと指が五本ずつついていて、人間の腕の格好に似せてある。

「ルイセンコ・カッター！」

球体が大音声《だいおんじょう》を発した。ロボットアームが動いた。いったん球体の前部でバツじるしをつくってから、何かを空に吹き飛ばすようにぱっと大きく広げた。

ビームのブーメランだ。ロボットアームから放たれて、金色に輝きながら、スポーツカーめがけて飛んでゆく。そしてスポーツカーの屋根をすっぱり切断して飛び去り、視界から消えそうなぎりぎりのところで一八〇度方向転換し、ついでに向きも横から縦に変えると、飛び戻ってきた。今度はスポーツカーのど真ん中を通り抜ける。

ロボットアームの右手が、戻ってきたブーメランをぱしんとつかんだ。アームが手首を返すと、ビームが吸収されてブーメランは消えた。

真っ二つにされたスポーツカーが、かすかに揺れた。それからぱかんと前後に開いた。

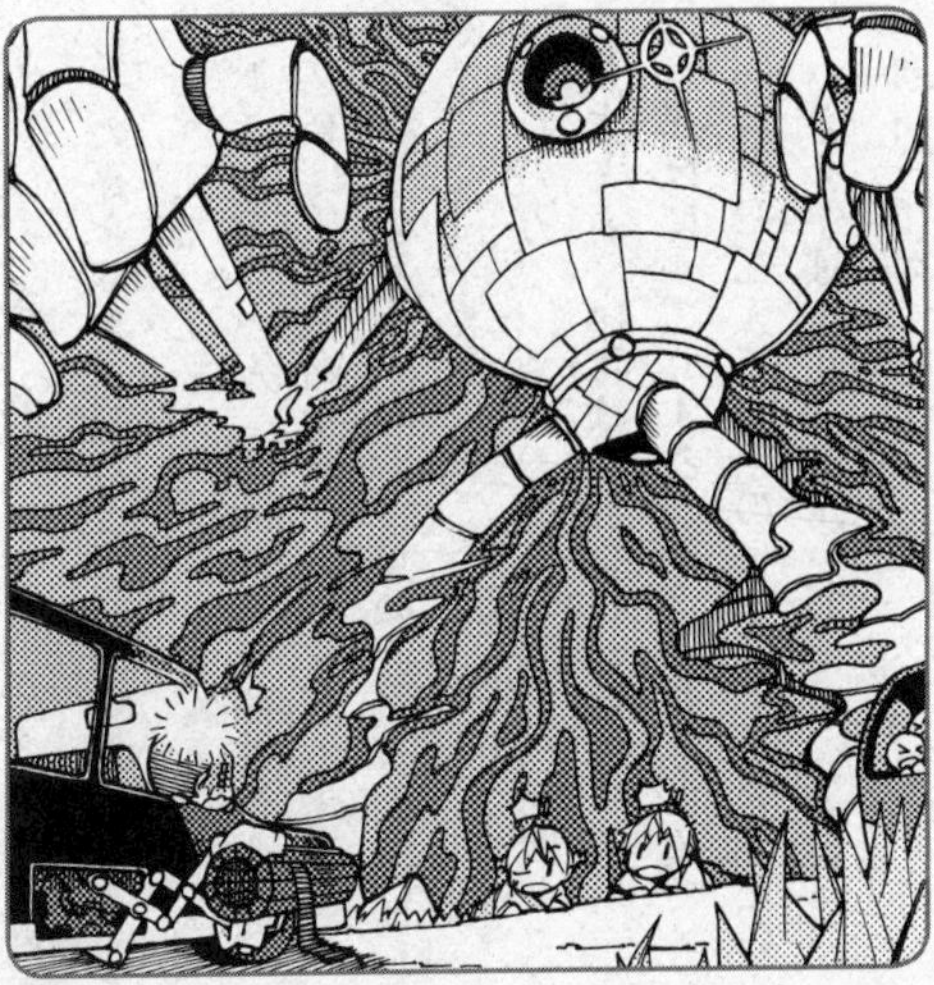

車体の前部はお辞儀をするように、後部は尻餅《しりもち》をつくように。ガトリング・ガンの銃身もきれいに二等分されている。

運転席の村長の孫は、心霊写真に写った子供の幽霊みたいな顔になっている。

巨大な球体が、また大音声を発した。

「ルイセンコ・ヒーリング！」

ロボットアームが収納され、銀色の球体が輝き始めた。脚の部分はそのままに、でっかい頭だけがてっぺんから金色に変わっていく。そして光を放つ。太陽光に似た、オーラのような暖かな金色の光。

光を浴びて、ピノピのＨＰが回復してゆく。脚がしゃっきりし、手の震えが止まり、お腹《なか》に力が入る。

「こぉの、くそガキ！」

ピノは村長の孫に突進した。分断され

たスポーツカーから首ねっこをつかんで引っ張り出すと、

「お仕置きだ！」

フライ返しでお尻をひっぱたく。目玉焼き戦士のフライ返しは鞭《むち》のようにしなって、村長の孫を高々と打ち上げ、凶暴な孫は宙に弧を描いて、遥《はる》か草っ原の彼方《かなた》まで飛んでいってしまった。

「あら、たいへん。わらわら、繭《まゆ》防御！」

ピピは杖の先端で飛び去る村長の孫を指し、呪文を唱えた。泣き叫びながら空中移動中の村長の孫を、わらわらの繭が包み込む。繭は遮音性にも優れているのか、泣き声が聞こえなくなった。

遠くの方で、繭が一回、二回、三回跳ねて停止した。

「大丈夫よ、怪我《けが》はしてないから」

ピピはにっこりする。ピノはあらためてエヘンと鼻の下をこする。

そして、二人で銀色の三本脚のタコみたいな面妖《めんよう》な物体を仰ぎ見た。球体のてっぺんのハッチがぱっかんと開いて、白衣姿のあの人が現れた。

「ルイセンコのおっさん！」

お久しぶりです。

＊

ルイセンコ博士は銀色の球体のハッチから身を乗り出した。

「ちびっこ戦士たちではないか。久しぶりだの」

「助けてくれてありがとう。博士、凄《すご》いロボットね！」

喜ぶピノピの後ろ、赤い蓄電自動車のなかで、危機から救われたはずのカラク村の夫婦はまだ怯えている。二人でひしと抱き合って震えている。

「このロボット、博士が発明したの？」

「そうとも。だがロボットと呼んでくれるな。こいつは人工知能搭載光学迷彩仕様多足歩行型汎用《はんよう》攻撃支援機のプロトタイプ弐号《にごう》だ！」

長い。

「ちなみに愛称は〈ボッコちゃん〉」

するとボッコちゃんが合成音声で、

「ミナサン　コンニチパ」と言った。

博士は頭を掻《か》く。「ワシが音声ソフトに基本言語を入力する際、〈は〉と〈ぱ〉を打ち間違えてしまってな」

「可愛い～」

ピピの甘い歓声に、ボッコちゃんは左右の丸窓をぐるぐる回して、「パカセ　コノカタタチワ　ドナタデスカ」

〈は〉と〈わ〉の入力も間違ってます。

ピピが先に答えた。「あたしはピピ。こっちは弟のピノ。あたしたち双子なの」

「伝説の長靴の戦士だよ」

ボッコちゃんはまた丸窓をぐるぐるする。

「アナタガタワ　テキデスカミカタデスカ」

「味方よ。博士のおともだち」

「そうそう。おまえ今、オレらを助けてくれたじゃんか」

ボッコちゃんのぐるぐるが止まった。「オトモダチ　コンニチパ」

「はい、コンニチパ」

呑気《のんき》にやりとりしている三人と一機は気づかないが、カラク村の逃亡夫婦が行動を起こした。夫はこっそり運転席に移り、妻は蓄電自動車のドアを閉める。

「博士、あたしたち、ボッコちゃんを見かけるのは初めてじゃないのよ」

「フネ村の森を闊歩《かっぽ》してただろ」

「光学迷彩がうまく働かなくて、まっピンクになっちゃってたでしょ」

「それなら初号機だ。空龍《エア・ドラゴン》もそうだったが、やはり初期ロットはバグが多い」

突然、蓄電自動車のエンジンがかかったので、ピノピは驚いて振り返った。車はきゅるりとタイヤを軋《きし》らせてバックすると、王都の方角へ向かって走り出した。急発進急加速だ。村長の手下たちのスポーツカー並みのスピードで、砂埃をあげて遠ざかる。

「え？　何で？」

「あの車、スピード出ないはずなのに」

というより先に、なぜあの夫婦が逃げ出したのかを疑問に思うべきではないか。

ルイセンコ博士は片手を目の上にかざして、逃げてゆく蓄電自動車を見やった。「君たちが王都で調達した車かの？」

「王様が貸してくれたんです」

「ならば、アクセルに加速年齢制限が付けてあるんだ。ちなみに、そのシステムはワシが開発した」

「おっさん、王室と付き合いがあるの？」

「ワシは王都じゃ有名人よ」

まさしく雲を霞《かすみ》とという感じで、赤い蓄電自動車は、たちまちピノピの視界から消えてしまった。後に残されたのは真っ二つになったスポーツカーの残骸《ざんがい》と、ガタボロの幌馬車と瀕死《ひんし》の馬が一頭。

「ここに残していったら、お馬さん、死んじゃうね」

心配そうに馬のたてがみを撫《な》でてやるピピだが、それをいうなら地面に伸びている二人のならず者もそうだし、あさっての方向に飛んでいったまんまの村長の孫もそうだ。

「カラク村の悪逆非道な村長も、ほっとけねえしなあ」

ピノピの会話に博士が反応した。「カラク村？」

「うん」ピノピは事情を説明した。「ここから南西方向の山のなかにあるんだって。博士、知ってます？」

「ナビを見ればわかる」

ボッコちゃんが丸窓をぐるぐるさせる。

「カラクムラ　ピー　イチトクテイ」

「博士、オレたちと一緒に行ってくれない？　長靴の戦士としては、こういうのを見過ごしにしちゃいけないと思うんだ」

その思いは強いのだが、ピノピだけでは心細い。なにしろまだ移動するだけで衰弱してしまう身の上だ。

操縦席のナビ画面に目を落としたまま、博士はうなずいた。「君たちはボッコちゃんに乗りなさい。伸びている連中も回収して、馬と一緒に引っ張っていこう」

「ありがとう」

ピピが笑顔で杖をかざした。「出でよ、わらわら～！　どっかで伸びてる村長の孫をここまで連れてきて〜」

わらわらの群れが二列縦隊で草っ原を進んでいき、やがて彼方から、

「ぎゃ〜！　キモチ悪いよう〜！」

凶暴でシネアストな村長の孫の泣き声が聞こえてきた。

ボッコちゃんはロボットアームを滑らかに動かし、二人のならず者と凶暴な孫を、スポーツカーの残骸に放り込んだ。ついでに、ルイセンコ・カッターですっぱり斬《き》り落としたままになっていたスポーツカーの屋根部分を折り曲げて蓋《ふた》にして、三人が逃げられないようにしてしまった。こうした一連の作業を、博士が簡単に命令しただけでやってしまうのだ。さすが人工知能搭載である。

「ボッコちゃん、偉いね」

感心して見とれているうちに、ピノピは操縦席の博士の呟《つぶや》きを聞き逃してしまった。

ナビ画面に表示されたカラク村の位置を、まだじいっと見つめたまま、博士は首をひねっているのだ。

「ワシ、ここ行ったことあるような気がするなあ……」

カラク村は山のなかの段々畑に囲まれている。シャレー風の粋な角度がついた屋根をいただく、可愛らしい小屋が集まっていた。小屋より大きく無骨な造りの建物は、厩《うまや》や

牛小屋だ。

本来の姿であれば、きっと素敵な村だろう。だが今は荒れ果てている。屋根は破れ窓は割れ、村道にはゴミが散乱し、馬と牛たちは痩せている。村のなかに人影はない。

「みんな畑で作業してる——わけでもなさそうだよね？」

ぐるりと見渡す段々畑にも、人の姿はない。畑の緑にも艶《つや》がない。水が足りないのだ。

なぜか逃げちゃったあの夫婦は、村民たちが村長に強制労働させられていると訴えていた。でも、村も畑もこんな有様だ。村長は村民たちを、どこで働かせているのだろう。

「変だなあ」

ルイセンコ博士をボッコちゃんの操縦席に残し、見張り番を頼んで、ピノピは村のなかを探索してみた。やっぱり誰もいない。それどころか、ここに人が住んでいて寝たり食べたりしている形跡も感じられない。どの家の鍋釜《なべかま》も空っぽだし、汚れたお皿もコップも見つからない。

「みんなどこかに連れていかれて、閉じ込められてるみたいね」

そう結論し、ボッコちゃんの足元に戻るころには、ピノピはまたふらふらになっていた。

「博士、またヒーリング頼むよ」

「あ、そうだ！」と、ピピがぽんと手を打つ。「今度はあのならず者と村長の孫にもヒーリングしてくれませんか？　村の人たちがどこにいるのか、聞き出せるでしょ」

ついでにお馬さんも。

「それなら、出力を上げんとな」

ボッコちゃんの銀色の頭部が、再び金色に輝き始めた。閉じ込められたスポーツカーの残骸のなかで、ならず者と村長の孫が息を吹き返す。ピピはスポーツカーの車体と、蓋になっている屋根の隙間に近寄り、呼びかけた。

「もしもし、聞こえる？」

途端に、スポーツカーのなかから三人の悪態が聞こえてきた。

「ねえ、あんたたち、村の人たちをどこにやったの？」

返事のかわりに罵詈雑言《ばりぞうごん》の嵐。わめきながら、半分こになった狭い車内でどかばか暴れている。

「答えたくないならいいよ」

ピピは隙間の前で魔法の杖を振ってみせた。

「また、わらわらを呼び出しちゃうから」

罵詈雑言にかわって、阿鼻叫喚《あびきょうかん》。

「博士、あたしがヒーリングでＨＰ全回復すると、わらわらたちもお腹いっぱいになるのかしら」

「ワシは使役魔法には詳しくないが、わらわらは満腹というものを知らん生き物だぞ」

「だったら、ちょっとご飯をあげないと可哀相《かわいそう》だよねえ」

ピピはにまにまして、スポーツカーの隙間にさらにすり寄る。「さあ、どっちがい い？ 素直に質問に答えるか、あたしのわらわらちゃんたちのエサになるか」

村長の孫がびゃあびゃあ泣き出し、恐怖のあまりおもらししちゃったらしく、ならず者二人と内輪もめを始めた。

「臭いじゃねえか、このくそガキ！」

「だって怖いよう」

死にかけていた馬もヒーリングで元気になり、ぶるんと首を振ってしっぽを跳ね上げる。ピノは近づいて首筋を撫でてやった。馬は人なつっこくて、ピノの顔に鼻面を押しつけてきた。

そのときだ。馬の長い首越しに、段々畑が刻まれた前方の小高い山の陰で、何かが金色にぴかりと光るのを、ピノは見た。お天道様《てんとうさま》が出ているのは反対側だ。何かあのあたりにあるものが、陽光を反射しているらしい。

同時に、操縦席の博士が声をあげた。「一時の方向、五キロメートルほど先に、何か建造物があるぞ」

「オレも今、気がついた。でっかいの？」

「フネ村の役場二つ分ぐらいかの」

「行ってみよう！」

元気になった馬を放してやり、内輪もめ継続中のならず者たちはそのまま放置して、ピノピもボッコちゃんに乗り込んだ。段々畑を登ってゆくボッコちゃんは、畑を踏み荒らさないよう、畦道《あぜみち》に脚をおろして慎重に進む。なかなか気遣いのある人工知能の持ち主だ。

「ピー　ケンゾウブツ　コウゾウカクニン」

操縦席のモニターに、星の形が表示された。肉眼でも、もうちょっと高いところから見下ろせば、きっとその外形を見て取ることができるだろう。

「生体反応はあるか？」

ボッコちゃんは即座に博士の質問に答えた。「ピー　235タイデス」

「二百三十五人？　村人全員いるのかな」

さらにがっしょん、がっしょんと登っていくと、星形の奇妙な建造物のまわりに、建築用の足場がいっぱい組まれているのが見えてきた。ところどころにゴンドラが下がっている。足場に板を敷いて人が座れるようにしてあるところもある。

「あれって、もしかして見張り台？」

望遠鏡がある。それにもっと剣呑《けんのん》なものも。「博士、あれは銃座だ！」

ピノが叫んだとき、星形の建造物からけたたましいサイレンが鳴り響いた。むっさい男たちがばらばらと飛び出してきたかと思うと、足場をよじ登って定位置につく。

「侵入者発見！　侵入者発見！」

「戦闘態勢に入れ！」

あらら、面倒なことになってしまった。

「なあに、ワシに任せておけ」

操縦席の下部、ボッコちゃんの銀色の球体部分の前面で何か機械音がした。ボッコちゃんの、普段は格納されている目が開いたのだ。ぱっちりして、どんぐり気味の可愛い目玉である。

「ルイセンコ・ロックオン！」

モニターを見守るピノピの眼前で、赤く表示された人型に、素早くロックオンがほどこされていく。

「ルイセンコ・びりびりびりびビーム発射！」

ボッコちゃんの一対《いっつい》の目が、なにやら怪しげなびりびりびという音を発した。びりびり（最後の〈び〉は打ち間違いではありません）ビームとやらは目に見えない。が、確実に効いている。ロックオンされたならず者たちが、端からばたばた倒れていくのだ。

「し、痺《しび》れるぅぅぅ」

効果を説明してくれるなんて、なんと親切なならず者たちなのでしょう。

博士はボッコちゃんのアームを出した。アームが動いてバツじるしを作る。ピピが操《そう》縦《じゅう》桿《かん》を操作する博士の腕に飛びついた。

「カッターで斬っちゃダメ！」

「これはカッターではないぞ」

博士は操縦桿を右手で引きながら、数え切れないほどたくさんある操作パネルのなかの、ひとつのボタンをプッシュした。

「ルイセンコ・パワーマグネット！」

そこここに配置された銃座のガトリング・ガンや、ならず者たちが手にしていた重火器が、いっせいに宙に浮いた。そしてボッコちゃんめがけて飛んでくる。磁力に吸い寄せられているのだ。

「危ない！」

あの数の重火器に激突されたら、さすがのボッコちゃんのボディも危なくないか？　と思ったら、吸い寄せられた重火器の群れが一メートルほどの距離に迫った瞬間に、博士がパワーマグネットをオフにした。重火器の群れは宙で一瞬静止し、それからひとかたまりになってボッコちゃんの足元に落下した。覗いてみると、ひと山いくらの感じになっている。

「すっごぉい」

固定銃座にあった据え置き型のマシンガンが、パワーマグネットで引っぺがされるときに、足場の一部を損傷してしまったらしい。ドミノ倒し的にあっちこっちが揺らぎ始めて、痺れて動けないならず者たちを乗っけたまま、星形の建造物を取り囲む足場は、ぺしゃんと膝《ひざ》を折るように崩れてしまった。

「どれ、呼びかけてみるか」

ルイセンコ博士が操縦席のマイクのスイッチを入れた。が、博士が声を出す前に、星形の建造物の中央部分にある窓が開き、そこから誰かが飛び出してきた。

「こら～！　何者だ！」

丸っこい体格のおじさんである。きんかん頭から湯気をたてて怒っているが、武器らしいものは持っていないし、ちっとも怖くない。ただうるさいだけだ。

「名乗るほどの者ではないが」

落ち着き払って言ってから、こほんと空咳《からせき》をして、ルイセンコ博士は例のごとく、

「わったし～は～♪」

著作権使用料は払ったので大丈夫です。

「何だと？」

怒れるちっちゃいおじさんのじたばた動きが止まった。そして、今度はぴょんぴょん

飛び上がる。

「おお、その歌声は！」

ピノピは揃《そろ》って驚いた。「博士、知り合い？」

博士は小首をかしげる。「さあ、なあ」

ちっちゃいおじさんはぴょんぴょん飛び上がるのをやめて、星形の建造物の屋根の上を、こちらへ駆け寄ってくる。

「私です、おかげで物忘れが治りました。カラク村の村長でございますよ！」

さらにぴょんぴょんと跳ね続ける。

「私をお見忘れか、ルイセンコ博士様！」

万歳して大歓迎の村長は、唐突に姿を消した。星形の建造物の屋根が抜けて、下に落っこちたのだ。

「あれ、木造なんだ」

よく見れば、羽目板で作った屋根と外壁に、金色のペイントを塗ってあるだけなのだ。

ピピが博士の白衣の袖《そで》を引っ張る。

「村長、博士と知り合いみたいですよ。どこで会ったの？」

「物忘れが治ったってさ」

ルイセンコ博士は白衣の腕を胸の前で組むと、反対側に首をかしげた。

「おかしいなあ。ワシ、やっぱりここに来たことがあるのかなあ」

しばらく沈思黙考。山のカラスたちがかあかあと鳴き、ならず者たちから解放された村人たちが、そろりそろりと星形の建造物から外に出てきた。みんな、ボッコちゃんを見上げて恐れおののいている。

博士はやおら腕組みをほどくと、さっきのピピみたいに音をたてて手を打った。目が晴れる。

「そうか、海馬《かいば》活性ヘッドバンドの被験体だ！」

ヘッドバンドだぁ？

半月ほど前のことである。

「初号機の光学迷彩ソフトをバージョンアップするついでに、ワシ、宿を探しておって」

がっしょん、がっしょんと、このカラク村に立ち寄ったのだそうだ。

「ワシが高名な科学者だと知ると、村長が歓待してくれての。宴会の折に、近頃、寄る年波で物忘れが激しくて困るというので……」

バージョンアップのために村の魔法石蓄電池を使わせてもらうお礼に、博士は村長にヘッドバンドを作ってプレゼントしたのだそうだ。

「記憶を司《つかさど》る、脳のなかの海馬という部分の働きを活性化するバンドでな」

ピノピはふうんとうなずいた。それにしても、さっき〈被験体〉とか言ってなかったか。村長、実験台にされたのか。

「博士、まず自分で試してみたか？」

「ワシには海馬強化の必要はない」

いいえ、充分に必要だと思います。

ピピが考え込んで、ゆっくりと確認するように呟く。「あの逃げちゃったご夫婦は、いい人だった村長が凶暴な暴君に変わっちゃったのも、半月ぐらい前だって言ってたよね」

「言ってた言ってた」

ピノはうなずき、横目で博士を見た。

「博士、もしかしてそのヘッドバンドを村長にあげるとき、〈年配者の物忘れが治るだけでなく、子供の学習能力も高まる〉とか何とか言わなかったか？」

「その覚えはないが、村長が、なかなかひらがなを習得できない孫にも使わせて差《さ》し支《つか》えないかと訊《き》くので、差し支えないと答えたな」

「だから、孫もああなっちゃったんだよ！」

件《くだん》のヘッドバンドは、記憶の座の海馬を活性化するついでに、ほかの余計な部分——

人間の暴力性を司るところまで刺激しちゃったのだ。

村人たちがボッコちゃんに恐れおののいたのも当然だ。またあの変な博士が、変なロボットに乗ってやってきたんだから。逃亡夫婦がまた逃げちゃったのも、おかしなヘッドバンドで村長とシネアストな孫を凶暴にしちゃった張本人が、そこにいたからなのだ。

結局、みんな博士のせいでした。

この種明かし、何かと似てません？

そう、海外ドラマの『フリンジ』ですね。作者、ビショップ博士の大ファンです。サードシーズンはとんでもない展開になってますよねえ。**パクったのではありません。オマージュです。**

星形の建造物は、もともとは村長と村人たちが協力して建てていた、総合娯楽施設だったのだそうだ。なのに、人が変わってしまった村長は、

「ここをわしのお城にするのじゃあ！」

とか言い出して村人たちを昼夜兼行で働かせ、逃亡防止用にならず者たちを雇い入れた。税金を投入して、武器もしこたま買い入れた。

「たった半月で、よくあれだけのならず者たちが集まったね」

まだ痺れっぱなしのならず者たちは、ピノピが村人たちと協力して、数珠《じゅず》つなぎにお縄にしてしまった。みんなしょぼんとしている。

「戦士とか剣士と同じで、いっぱいつくられる雑魚《ざこ》キャラだからな。この世界じゃ余ってて、食いっぱぐれてンだろ」

村長は戸板に載せて、村人たちの手で自宅に連れ帰ってもらった。ヘッドバンドのせいでおかしくなる以前の村長は、よっぽど人望があったのだろう。ひどい目にあわされていた村人たちなのに、みんな村長に同情的だ。

ただし、ルイセンコ博士を見る目は、超伝導が起こりそうなくらい冷たい。

「お孫さんのことも治してあげなきゃ」

「特に何もせんでも、ヘッドバンドを使うのをやめれば、自然に元に戻るわい」

博士、まったく反省していない。ピノピは発見しました。

「ルイセンコ博士って」

「いわゆるひとつの」

マッド・サイエンティストってヤツだ。

星形の建造物、村の総合娯楽施設から村長のお城に使用目的変更をなされてしまった建物のなかは、きんきらきんに塗りたくられた外壁と打って変わって、何だか土俗的というか熱帯ぽいというか、トーテムポールがあったり祭壇があったりする。村長の自室には、顔いっぱいに派手な兵士のフェイスペイントをほどこし、片手に投げ槍《なやり》、片手に銃を構えた村長の肖像画（急ごしらえなのでデッサンが甘い）と、大きな手斧《ハチェット》を構え、縄で地面の杭《くい》に繋《つな》がれた可哀相な牛の傍らにそっくり返っている村長の写真が飾ってあった。
ちょっぴり『地獄の黙示録』が入ってる？　恐怖《ホラー》だ、恐怖だ。

「ところで、水の街アクアテクはどっち？」

役立たずのトリセツに導かれ、ボツネタでいっぱいのボツコニアンを行く、ピノピの旅はまだ始まったばかり。どうぞ今後もお付き合いくださいませ。第二巻もお楽しみに。

本書は、二〇一二年二月、集英社より刊行されました。

初出
「小説すばる」二〇一〇年八月号～二〇一一年八月号

JASRAC 出 一六〇二二〇六三―六〇二

集英社文庫

ここはボツコニアン 1

2016年3月25日　第1刷　　　定価はカバーに表示してあります。
2016年6月6日　第2刷

著　者　宮部《みやべ》みゆき

発行者　村田登志江

発行所　株式会社　集英社

東京都千代田区一ツ橋2-5-10　〒101-8050

電話　【編集部】03-3230-6095
【読者係】03-3230-6080
【販売部】03-3230-6393(書店専用)

印　刷　凸版印刷株式会社

製　本　凸版印刷株式会社

フォーマットデザイン　アリヤマデザインストア　　　マークデザイン　居山浩二

ISBN978-4-08-745420-8 C0193